ぐるぐるの図書室

工藤純子　廣嶋玲子　濱野京子
菅野雪虫　まはら三桃

講談社

ぐるぐるの図書室

プロローグ

学校の図書室には、不思議な雰囲気《ふんいき》があると思いませんか？

ほんのりと古い紙のにおいがして、ちょっとほこりっぽくて。

何より、たくさんの本があるでしょう？

本は宝箱《たからばこ》。ひとたびふたを開ければ、そこにはまだ知らない物語が、きうきうと光りながら読み手を待っている。

だから、本がたくさんある図書室は、さながら宝物庫《ほうもつこ》のようですね。静かなときには、本たちのささやきが聞こえてきそうで、ええ、本当にわくわくします。

でも、そのわくわくを知らない子、いいえ、知ろうともしない子がいるんです。残念ながら、たくさんね。

子どもがなかなか訪《おとず》れてくれない図書室。読んでもらえず、本たちがほこりをかぶっていくばかりの図書室。ええ、本当に悲しいことです。

そんな図書室がある学校には、ある日、見慣《みな》れない女の人が現《あらわ》れるかもしれません。背《せ》が高く、髪《かみ》の長いその人は、いつのまにか図書室にいて、そして貼《は》り紙《がみ》をすることでしょう。世にもきれいな、茜色《あかねいろ》の貼り紙を。

あなたが、それを目にすることができたら……。

そのときこそ、本当の不思議は始まるのです。

目次

プロローグ……2
時のラビリンス　工藤純子……5
妖怪食堂《ようかいしょくどう》は大繁盛《だいはんじょう》　廣嶋玲子……49
秘境《ひきょう》ループ　濱野京子……81
九月のサルは夢《ゆめ》をみた　菅野雪虫……125
やり残しは本の中で　まはら三桃……167
エピローグ……222
デビュー10周年記念
スペシャル座談会《ざだんかい》
本たちと私《わたし》たちが出逢《であ》ったころのお話……224

時のラビリンス

工藤純子

五年二組の教室で、斜《なな》め前《まえ》の席から声がした。

「あ〜あ、昨日の誕生日《たんじょうび》、さんざんだったよ」

心臓《しんぞう》の鼓動《こどう》が、どきんっと跳《は》ね上《あ》がる。

見ると、やっぱり成瀬走也《なるせそうや》くんだった。サッカーチームに入ってて、活発なのに、ほかの男子よりもずっと落ち着いて大人びている。そして何より、あのまっすぐな目が、すごくいい。ずっと先を見つめているような、希望に満ちた、澄《す》んだ目。

「なんだよ。プレゼント、もらえなかったのか？」

走也くんの隣《となり》の男子が、おどけたように聞く。

「父さんは出張中《しゅっちょうちゅう》だし、おばあちゃんが入院してるから母さんも大変で、それどころじゃないんだ。だから、プレゼントなんて最初から期待してなかったけどさ……」

あたしは、耳をそばだてた。

「学校帰りに、犬にほえられたり、飛んできたボールにぶつかったり。挙《あ》げ句《く》の果てに、サッカーのコーチに偶然《ぐうぜん》会って、試合での失敗を注意されたんだよ」

「あちゃ～。ついてない日だったんだなぁ。よりによって、誕生日《たんじょうび》とはな」

そうだったんだ……。

あたしは暗い気持ちになって、そっとポケットに手を入れた。ポケットの中には、昨日、走也くんに渡《わた》し損《そこ》ねたプレゼントが入っている。帰りに公園で待《ま》ち伏《ぶ》せしたのに、勇気がなくて渡せなかった。

もし、プレゼントを渡せてたら……走也くんも、少しはマシな誕生日って思ってくれてたかな。あたしは、自分のせいで走也くんの誕生日を台無しにしてしまったような気がして落ちこんだ。

掃除《そうじ》が終わったことを先生に伝えて、あたしはため息をつきながら廊下《ろうか》を歩いた。もうみんな帰ったか、校庭で遊んでいるかで、校舎《こうしゃ》に残っている子はほとんどいない。

ふと顔を上げると、夕焼け空を思わせるような茜色《あかねいろ》の貼《は》り紙《がみ》が目に飛びこんできた。


後戻《あともど》りしたくてしょうがない人は、放課後、図書室に来てください。

これって……どういう意味？　少し考えて、それが図書室の戸に貼ってあることに気がついた。

「図書室に来させるための、先生たちの作戦かな？」

最近、本を読む子が少なくなったからって、先生たちはあの手この手を使って、本を読ませようとしている。たくさん本を読んだ子に賞状《しょうじょう》をあげたり、グラフを作って読んだ本の数を競《きそ》わせたり。

みんな、最初は興味《きょうみ》半分に参加するんだけど、すぐに飽《あ》きてしまう。だから、先生たちも苦労してるみたい。

それにしても、こんな凝《こ》ったことをするかな。だいたい、後戻《あともど》りしたくてしょうがない人って……まるで、あたしのことみたい。いつもいじけて、ああすればよかった、こうすればよかったと後悔《こうかい》ばかりのあたしは、自分でも嫌《いや》になるほど後ろ向きな人間だ。

そう思ったら、またため息が出てきた。

「あ～あ」

手をついたら、その勢《いきお》いで図書室の戸がガラッと開いた。中にいた数人の子たちが、いっせいに振《ふ》り向《む》く。

しまった！　って思ったときには遅《おそ》くて、また閉《し》めるのも気まずいから、そのまま中に入った。

困《こま》ったな……。

「いらっしゃい、真下《ました》のぞみさん」

いきなり、カウンターに座《すわ》ってた女の人に声をかけられてびっくりした。髪《かみ》が長くて、白いワンピースを着た女の人が、背筋《せすじ》をぴんっと伸《の》ばして座っている。

こんな先生、いたっけ？　どうして、あたしの名前を知ってるの？

「あの……新しい司書の先生ですか？」

とはいえ、あたしはあまり図書室に来ないから、前の先生も覚えてない。

「司書？　そうですね。そんなところです」

あたしは眉《まゆ》をひそめた。答えも、ていねいな言い方も、なんだか変。冗談《じょうだん》を言ってるふうでもなく、司書の先生は表情《ひょうじょう》を変えなかった。

「のぞみさんは、貼《は》り紙《がみ》を見て、来てくれたんですね？」

「あ、はい」

思わず返事をしてしまったけど、あんないたずらみたいな貼り紙を見て、つられてきたと思われるのは恥《は》ずかしい。

「でも、すぐに帰りますから」

そそくさと戻《もど》ろうとすると、先生がすっと立ち上がった。ほっそりして、思ったよりも背が高い。きっと、高い棚《たな》にある本も、軽々ととってしまうのだろう。

「後戻《あともど》りしたくて、来たんじゃないんですか?」

真剣《しんけん》な顔で、小首をかしげる。

「え、べつに……」

この人、あたしのことをからかってるのかな……。ちょっとだけ、イラッとした。

「探《さが》してみてください。きっと、今のあなたにぴったりな本があると思います」

「でも……」

「本、嫌《きら》いなんですか?」

無表情《むひょうじょう》だった先生の顔が、少しだけ曇《くも》った気がした。

「いえ、そういうわけじゃないけど……。子ども向けの物語って、前向きなラストばっかりだから、うそくさい気がして」

つい、本音が口をついて出た。いくらなんでも、こんなことを言ったら怒《おこ》られそう。

「現実《げんじつ》は、本のようにうまくいくわけないって思ってるんですね?」

先生はうつむいた。なんだか、悪いことを言ってしまったような気がする。あたしは気まずくなって、しかたなく奥《おく》に入っていった。

まったく……。

そういえば、あの先生、なんて名前だろう？　ま、いっか。こんなところ、あたしは用がない。ひと回りしたら、さっさと帰ろう。

みんなから見えない死角の棚《たな》に入ると、ホッと息をついた。

「あたしにぴったりの本？　そんなのあるわけないよ」

ぶつぶつ言いながら、目の前の棚を見ると、「宇宙《うちゅう》」とか「超能力《ちょうのうりょく》」っていう背表紙《せびょうし》が並《なら》んでた。どうも、ここはSF《エスエフ》コーナーみたい。

「SFなんて、ますます興味《きょうみ》ないし」

ざっとながめて背中を向けようとしたとき、目のはしに気になる文字を見つけた。

「『あなたの物語』？」

おかしな題名……。

なんとなく、手が伸《の》びた。黒の布張《ぬのば》りに、金箔《きんぱく》の文字が浮《う》かび上《あ》がっている。縁《ふち》がすり切れて、いかにも古そうな本。絵もかかれてないし、作者の名前もない。どんなお話か気になって、パラパラとめくった。

五月二十三日、真下のぞみは、ある決心をしました。

「真下のぞみ!?」

そこには、あたしと同じ名前が書かれていた。

五月二十三日って……昨日だ。続いて書かれている内容《ないよう》に、息をのんだ。


(今日こそ、走也くんに告白する!)

そう思って公園で待《ま》ち伏《ぶ》せしましたが、走也が近づいてくると、のぞみはこそこそとベンチのかげに隠《かく》れてしまいました。せっかくプレゼントまで用意したのに、なんて情《なさ》けないことでしょう。


う、うそでしょう!?

「本は、見つかりましたか?」

びくっとして振《ふ》り向《む》くと、さっきの司書の先生が立っていた。すぐ近くで見ると、見上げるほど背《せ》が高い。

「そ、それどころじゃないんです! あたし、ストーカーされてるみたい!」

「え? ストーカー?」

「ここに、昨日のことが……」

見せようかどうしようか、一瞬迷《いっしゅんまよ》った。だって、あたしが走也くんのことを好きだってばれてしまう。

「と、とにかく、誰《だれ》かがあたしのことを見張《みは》ってて、見たことをそっくりそのまま、本に書いたんです！」

必死で言うと、先生は口のはしをかすかに上げた。

「誰かが、あなたのことを本に書くなんて、そんなバカなことがあるわけありません」

そう言われて、ふっとわれに返った。考えてみると先生の言うとおり、そんなこと、あるわけがない。何しろ、走也くんとの出来事は、昨日のことだ。それが、こんなに早く本になるはずがない。

だとしたら、偶然《ぐうぜん》？

「誰が書いたものでもありません。それは、あなたの物語なんですから」

「は？」

あたしの、物語？

もう一度、表紙を見る。そこにはたしかに、『あなたの物語』と書いてあった。

あなたって、あたし？

「その本には、あなたのことが書いてあります。どんな物語にするかは、あなた次第《しだい》です」

口をぽかんと開けるあたしを残して、先生は、ワンピースのすそをふわっとひるがえした。

「あ、ちょっと待って！」

先生がいなくなると、誰《だれ》もいないみたいに、図書室はしんと静まり返った。

あなた次第《しだい》って、どういうこと？　何を言ってるのか、さっぱりわかんない。

でも、ひとつだけはっきりしていることがある。

「こんなふうに書かれている本を、このまま放っておくなんてできない！」

誰かが読んだら、あたしが走也くんのことを好きだってばれてしまう。ついでに、プレゼントを渡《わた》し損《そこ》ねたこともわかってしまう。こんなことが走也くんの耳に入ったら……もう、学校に来られないよ！

あたしは、もう一度そのページを読み返した。


のぞみは、ぎゅっと目をつぶりました。走也の足音が近づいてきて、胸《むね》がはりさけそうです。

（このチャンスを逃《のが》したら、二度と走也くんに渡せない。今日しかないのに！）

焦《あせ》れば焦るほど、体が動きません。

やがて走也の足音が、遠ざかっていきました。

汗《あせ》ばんだ手から、力が抜《ぬ》けていきます。

のぞみは今日のことを、いつまでも後悔《こうかい》するでしょう。


かぁっと、顔が熱くなった。

いつまでも後悔するって!?

余計《よけい》なお世話よ！

恥《は》ずかしさや怒《いか》りが入《い》り混《ま》じって、爆発《ばくはつ》する。

こんなものっ！

思わず、書かれているページをつかんだ。やぶるなんてまずいかもって思ったけど、こんなひどいことが書かれた本なんて、構《かま》うもんかっていう気持ちのほうが強かった。

えいっと、力を入れた瞬間《しゅんかん》……。

本が白く輝《かがや》き、そのまぶしさに目を閉《と》じた。

ガクッと体が揺《ゆ》れて、ぼーっとした頭をぶるんっと振《ふ》る。

「あ、れ？」

きょろきょろとあたりを見回すと、がやがやした五年二組の教室の、自分の席に座《すわ》ってた。

「なぁに、のぞみ。うとうとしちゃって、寝不足《ねぶそく》？」

隣《となり》の席の苑田《そのだ》ゆいちゃんが、声をかけてくる。

「え？　うとうとって……」

「ほら、もうすぐ始業のチャイムが鳴るよ」

ゆいちゃんがそう言ったとたん、本当にチャイムが鳴って、先生が「おはよう」と言いながら教室に入ってきた。

あたしはびっくりして、窓《まど》の外を見た。夕暮《ゆうぐ》れだったはずなのに、明るい太陽の光が差しこんでいる。

「ほら、今日の日直」

先生がそう言ってあたしのほうを見るから、思わず、「あたしは昨日やりました」って言いそうになった。

でも、黒板を見て驚《おどろ》いた。

「五月二十三日!?」

いっせいに振《ふ》り返《かえ》るみんなを見て、あたしは口を押《お》さえた。

「どうした、何かあったか？」

先生に聞かれて、慌《あわ》てて首を振った。

「起立……」

言いながら、心臓《しんぞう》のドキドキが止まらなかった。

日付が、昨日に戻《もど》っている。

落ち着いて……。

あたしは、こっそり深呼吸《しんこきゅう》した。

たしかにさっきまで、図書室にいたはず。そして、『あなたの物語』って本を見つけて……。そうだ、あの怪《あや》しい女の人……司書の先生に、妙《みょう》なことを言われたんだ。

——どんな物語にするかは、あなた次第《しだい》です。

そしてあたしは、昨日の出来事が書かれていたページをやぶろうとして……ってことは、まさかそのせいで、昨日に戻ったってこと!?

タイムスリップなんて、まるでSF《エスエフ》みたい。そういえば、あの本はSFコーナーにあったっけ。

あたしは、注意深く先生や教室を見た。

一時間目は国語。もし本当に時間が戻ったのなら、これから、あたしが知っているとおりのことが起こるはず。

たしか、最初に土田《つちだ》が指されて、筆箱を床《ゆか》に落とすんだ。

「じゃあ、昨日の続きの、十二ページを読んでもらおうか。出席番号、十二番は……」

先生が言うと、「オレ!?」と、土田がはじかれたように立ち上がり、机《つくえ》の上の筆箱が床《ゆか》に落ちた。

「ごめんごめん、メンチカツ！」

土田がヘンなギャグを言って、教室が笑いに包まれた。でも、あたしだけ笑えなかった。

だって、それもすべて、知ってることだったから。

二時間目は算数の時間。テストだったけど、思ったとおり、そっくり同じ問題だ。まるで、一度見たドラマを、録画でもう一度見ているような気分。

間違《まちが》いない。あたしは、過去《かこ》に戻《もど》ったんだ！

興奮《こうふん》して、体が熱くなる。

そっとポケットに手を当てると、走也くんに渡《わた》そうと思ってたプレゼントが、カサリと音を立てた。

もう一度、やり直せる……。走也くんにプレゼントを渡せる！

走也くんを見ると、男子たちと楽しそうに笑ってた。

放課後、あたしは走也くんを待《ま》ち伏《ぶ》せするために公園に行った。十々年公園《ととねこうえん》のブランコに乗って、じっと遊歩道を見つめる。以前、この公園で、学校帰りの走也くんを見かけたことがある。

ゆっくりとブランコを揺《ゆ》らしながら、あたしは走也くんと初めて話したときのことを思い出していた。

あれは、五年生になって、初めての給食のときだった。シチューをよそってもらって、席に向かおうとしたあたしは、机《つくえ》の脚《あし》につまずいて、トレイごとひっくり返してしまった。

「あ〜あ、きったねぇ」

「また、真下かよ」

ふだんから注意力散漫《さんまん》なあたしは、つまずいたり、ものを壊《こわ》したりすることが多かった。そのたびに、男子から、ドジだ間抜《まぬ》けだとからかわれて……。しかもそのときは、床《ゆか》にシチューをぶちまけちゃったから、女子でさえ顔をしかめて遠巻《とおま》きに見てた。

頭の中がまっしろになって、オロオロしてたとき、

「ごめん、オレが足ひっかけちゃったから」

走也くんが、雑巾《ぞうきん》を持ってやってきた。

え？　机の脚につまずいたはずなのに……。

何がなんだかわからないまま、「なんだ、走也のせいかよ〜」「ひでぇなぁ」なんて笑われな

がら、走也くんはいっしょに床《ゆか》をきれいにふいてくれた。

「ほら、のぞみ、もう一度もらってきなよ」

女子も同情《どうじょう》するように、肩《かた》をたたいてくれた。

雑巾《ぞうきん》を洗《あら》いにいったとき、走也くんが隣《となり》で、こそっと言った。

「オレも一年生のとき、シチューこぼして、恥《は》ずかしかったんだよね」って。

え……。もしかして、だからかばってくれたの？

でも、走也くんの場合、一年生のときの話だ。あたしはますます恥ずかしくなって、ただうなずくしかできなかった。

あのあと、何度も「ありがとう」って言おうと思ったのに、なかなか言えなくて。日がたつと、ますます言いづらくなっていった。いまさら、「なんのこと？」って言われそうで。

そんなある日、走也くんが男子と話しているのを聞いた。

「オレの誕生日《たんじょうび》、もうすぐなんだ。五月二十三日」

そうなんだって思ったとき、ひらめいた。走也くんに誕生日のプレゼントをあげよう。そして、「あのときは、ありがとう」って……、それから、あたしの思いを伝えるんだ！

完璧《かんぺき》な作戦に、あたしはやる気満々だった。将来《しょうらい》、サッカー選手になるのが夢《ゆめ》で、今も地元のチームに入っている走也くんのために、サッカーボールの形のクッキーを焼いた。何をやってもダメなあたしだけど、クッキーだけは自信がある。それをきれいにラッピングして、ポケットに忍《しの》ばせた。

それなのに……渡《わた》せなかった。しかも走也くんが言うには、悲惨《ひさん》な誕生日《たんじょうび》だったみたいだし。

誕生日くらい、いい日であってほしいよね。あたしが神様なら、そうしてあげるのになぁ。

そんなことを考えてたら、ふっと頭にひらめいた。

「そうだ！」

思わず、ブランコから飛《と》び降《お》りる。あたしは、今日起こることを知ってるんだ。だったら、走也くんが嫌《いや》な目《め》にあわないようにしてあげられるかも！

あたしは、急いで学校に戻《もど》った。

「走也くん、今日は掃除当番《そうじとうばん》だから、遅《おそ》いと思うんだけど……」

公園から戻る通学路では、走也くんに会わなかった。ということは、まだ学校にいるはず。

校門から出てくる子がまばらになったとき、走也くんの姿《すがた》を見つけた。

ハッとして、素早《すばや》くポストのかげに隠《かく》れた。走也くんの背中《せなか》を追いかけるように、川沿《かわぞ》いの遊歩道をゆっくりとついていく。

走也くんが言ってたことを、慎重《しんちょう》に思い出した。

まずは、学校帰りに犬にほえられるんだ。

いったい、どこから犬が出てくるんだろう……。

あたしは、走也くんの後をつけながら、あてもなくきょろきょろした。すれ違《ちが》う人が、あたしのことをジロジロ見ていく。あたしって、挙動不審《きょどうふしん》な人みたい。

すると、走也くんの二十メートルくらい先の橋を、大きな犬を連れたおじさんが渡《わた》ろうとしているのが見えた。あのまま行くと、ちょうど橋を渡りきったところで、走也くんと行き合う感じだ。

「きっと、あの犬だ！」

あたしはとっさに道を引き返すと、手前の橋を渡り、反対側の遊歩道を全力で走った。後ろから、犬に向かって突進《とっしん》する。おじさんが驚《おどろ》いて振《ふ》り向《む》くと同時に、犬が前足を伸《の》ばして「ウォンウォンッ」とほえたててきた。

「きゃ、きゃあああ！」

あたしも、犬は苦手だったぁ！

半泣きになるあたしを見て、おじさんがリードを引《ひ》っ張《ぱ》った。

橋の向こうに、歩いていく走也くんが見える。

セーフ……。

ホッと胸《むね》をなでおろしたのもつかの間、次の事件《じけん》を思い出した。飛んできたボールにぶつかるんだっけ！

走也くんが歩いている先を見ると、あたしが待っていた十々年公園で、ボール遊びをしている子たちがいた。

あれかもしれない！

あたしはダッシュすると、今度は先の橋から回りこんで、公園の中にかけこんだ。投げ合ってたボールがそれて、遊歩道のほうに飛んでいく。

まずい！

あたしはサッカーのキーパーのように、両手を伸《の》ばして受け止めようとした。

「いった〜い！」

ボールを受け止めたけど、顔面直撃《ちょくげき》……。あたしは、思わず座《すわ》りこんだ。

く〜。

顔を押《お》さえながら、走也くんが「大丈夫《だいじょうぶ》？」って来てくれるのをちょっぴり期待した。来てほしい。いや、恥《は》ずかしい。でも……。

「おねえちゃん、何してんの？」

来たのは、ボール遊びをしてた小さな子たちだった。

「ボールは、手でとらなくちゃ」

う……。そんなこと、言われなくてもわかってる！

しゃがんで顔を押《お》さえているあたしは、かくれんぼをしている鬼《おに》みたい。これじゃあ、きっと走也くんは気づいてくれない。

ああ、でもこんなことをしている場合じゃない。

今度は、サッカーチームのコーチにしかられるんだった！

ふらふらと立ち上がって、走也くんが歩いていく方向を見ると、向かいからジャージを着たおじさんがやってくるのが見えた。

ジャージに、地元のサッカーチームの名前が刺繍《ししゅう》してある。

間違《まちが》いない！

あたしは、顔を伏《ふ》せながら走也くんを追《お》い抜《ぬ》いた。

「あれ……真下？」

声をかけられたけど、立ち止まる余裕《よゆう》なんてない！

「あ、あの、ちょっと道をおたずねします！」

おじさんにかけよると、走也くんのいるほうとは反対方向にある、駅への道をたずねた。

「ああ、それは、この道をまっすぐ行ってね……」

目のはしで、走也くんが道を曲がるのを確認《かくにん》した。

よしっ！　と、ガッツポーズ。

「どーも！」

頭を下げて走也くんの後を追おうとすると、ぐっと腕《うで》をつかまれた。

「そっちは駅じゃない。ちゃんと人の話を聞かなくちゃダメじゃないか」

え〜。駅に行きたいわけじゃないのに。

「それに、お礼のしかたもなってないぞ。そういうときは、ありがとうございましたと言ってから、背筋《せすじ》を伸《の》ばし、四十五度に腰《こし》を曲げて……」

延々《えんえん》と説教が続く。これじゃあ、走也くんにプレゼントを渡《わた》せない！

「……ありがとうございましたっ」

言われたとおりに頭を下げて、慌《あわ》てて角を曲がったけど、走也くんはいなかった。

「もう！　見失っちゃったじゃない！」

そう思って、ふと横を見ると、『成瀬』という表札の家があった。

「ここ、走也くんち？」

ガンッと、ショックを受けた。

うそ、うそ、うそ！

せっかく、時間を超《こ》えてやってきたのに、またプレゼントを渡《わた》せなかったなんて！

あ〜、あたしのバカ。「どんな物語にするかは、あなた次第《しだい》」なんていう司書の先生の言葉にのせられて、調子にのったから……。

「ん？　そっか！」

そのとき、パッとひらめいた。時間が思いどおりになるなら、もう一度、タイムスリップできるかもしれない。

あたしは、急いで学校の図書室に戻《もど》った。


図書室のカウンターには、例の司書の先生がいた。

「いらっしゃい。真下のぞみさん」

「また、お邪魔《じゃま》します！」

もう、司書の先生に用はない。

あたしはカウンターをスルーして、SF《エスエフ》コーナーの棚《たな》に向かった。『あなたの物語』を手にとると、五月二十三日のページを開く。そこには、あたしがたった今体験した出来事が、そのまま書いてあった。

すっと息を吸《す》いこむ。もう、迷《まよ》わない。あたしは、もう一度そのページに手をかけた。

また、五月二十三日の朝になった。

「なぁに、のぞみ。うとうとしちゃって……」

「ストップ！」

あたしは、ゆいちゃんに向かって、手のひらを突《つ》き出《だ》した。

「寝不足《ねぶそく》じゃないから」

言い終わらないうちに素早《すばや》く答えると、ゆいちゃんは、きょとんとしながら「そう……」と言った。

一時間目の国語で、あたしは後ろから土田をつついた。

「なんだよ」

「あんた、今日指されるよ。あと、筆箱を落とさないように気をつけてね」

「へ？」

土田が、間抜《まぬ》けな声をあげた。どうでもいいことだけど、知ってるのに教えてあげないのは、不親切な気がする。

でも、先生に指された土田は、やっぱり慌《あわ》てて筆箱を落とし、くだらないギャグをかました。

二時間目の算数のテストは、休み時間に教科書をチェックしておいたから、開始五分で全部解《と》けた。

あまった時間で、走也くんの背中《せなか》をそっと見つめる。

今度こそ……絶対《ぜったい》に渡《わた》さなくちゃ！　ぐっとこぶしをにぎった。


今回、あたしの作戦は完璧《かんぺき》だった。犬を散歩しているおじさんには、先回りをして「橋は工事中ですよ！」と、偽情報《にせじょうほう》を伝えておいた。公園で遊んでいた子たちには、ボール遊びをしないことを条件《じょうけん》に、明日《あした》、クッキーをあげると約束した。

これで、走也くんがサッカーのコーチに出会う前に声をかければ、ばっちりなはず！

あたしは安心して、公園で待った。ボール遊びをする予定だった子たちも、あたしをちらちら見ながら、おとなしく砂場《すなば》で遊んでいる。

やがて、走也くんが歩いてくるのが見えた。

「あ！」

あたしはブランコから降《お》りて、ドキドキしながら走也くんに近づいた。

あと、五メートル……。ポケットに、そっと手を伸《の》ばす。

「走也！」

するどい声に、びくっと立ち止まると、走也くんも顔をまっすぐ上げた。

おばさんが、つかつかと歩いてくる。

「さっき、塾《じゅく》の先生から電話があったわよ。最近、成績《せいせき》が落ちてるそうじゃない。サッカーのせいじゃないの？」

聞こえてくる内容《ないよう》から、走也くんのお母さんだとわかった。気づかれないように、後ずさる。走也くんは、しょんぼりとうなだれていた。

「これから、おばあちゃんのところに行ってくるから、ちゃんと勉強するのよ」

お母さんはそう言うと、足早に駅のほうに行ってしまった。

はぁっとため息をついた走也くんが、ハッとあたしのほうを見た。

「あ、ぐ、偶然《ぐうぜん》だね！　あたし、ちょっと寄《よ》り道《みち》してて……」

かなり苦しい言いわけになって、気まずかった。

「真下って、家、こっちだっけ？」

「うーんと、こっちに、親戚《しんせき》の家が……」

ますます苦しい！

「そっか。変なところ見られちゃったな」

そう言って、走也くんは困《こま》ったように笑った。無理に笑わなくてもいいのに。

「今日は、なんかついてないみたい」

「え？　なんで？」

走也くんに起こるはずの災《わざわ》いは、すべてとりのぞいておいたはずなのに。

「ネコをなでたら引っかかれちゃうし、自転車に乗った子どもが飛び出してくるし」

え～！　犬の代わりにネコ？　ボールの代わりに自転車？　そういえば、さっきもコーチの代わりに、お母さんにしかられてたっけ。

未来を変えたつもりなのに、違《ちが》うかたちで同じようなことが起こるなんて……。

「ご、ごめんっ」

あたしは、余計《よけい》なことをしてしまったような気がした。

「どうして、真下が謝《あやま》るんだよ」

走也くんは、ハハッと寂《さび》しげな笑《え》みを浮《う》かべた。

「ま、こういう日もあるよな。じゃあ、真下も気をつけて」

「あ……」

ひらっと手をあげると、話しかけるすきもなく行ってしまった。

きっと、これ以上あたしと話している気分でもなかったんだと思う。

また、プレゼントを渡《わた》せなかった。

じわっと、涙《なみだ》がこみ上げる。

こういう日もあるよなって……あるかもしれないけど、よりによって、誕生日《たんじょうび》じゃなくてもいいじゃない！

心の奥《おく》から、ふつふつと怒《いか》りがこみ上げてきた。神様か運命かわからないけど、目に見えない、大きな力に対して腹《はら》が立つ。

こうなったら、何度でもやり直してやる。なんとしてでも、あたしが走也くんの誕生日を、ステキな日にしてみせる。

そして絶対《ぜったい》に、プレゼントを渡《わた》すんだ！


あたしは、学校の図書室に走った。

「あ、真下……」

カウンターの司書の先生を無視《むし》して、まっすぐSF《エスエフ》コーナーに向かう。『あなたの物語』を手にとると、迷《まよ》うことなくそのページを開《ひら》いて、ぐっと力を入れた。

そしてまた、五月二十三日を迎《むか》える。

自分の席でハッと顔を上げると、ゆいちゃんに言われる前に、口を開いた。

「ゆいちゃん、あたしはちっとも眠《ねむ》くないし、夜更《よふ》かしなんかしてないから。それと、今日、飼育小屋《しいくごや》のにわとりにつつかれるから、手を出さないほうがいいよ。あと、社会の教科書を忘《わす》れてるから、隣《となり》のクラスの誰《だれ》かに借りる約束をしておいたら？」

一気に言うと、ゆいちゃんは目をぱちくりした。

「のぞみ、それって、もしかして……」

あ、まずい……。調子にのって、言いすぎた？

「占《うらな》いができるの⁉」

へ？

ゆいちゃんが騒《さわ》いだおかげで、あたしの占いはよく当たるって噂《うわさ》が、一気に広まってしまった。

占いじゃないのに……。

「わたしも見て！」

「占って！」

そんな子たちが、隣のクラスからも、どっと押《お》しよせてきた。

「あ、でも、うちのクラスのことくらいしか……」

わかるわけないじゃん！

あたしはしかたなく、やるだけやってみることにした。手相を見るように手のひらを見つめては、知っている情報《じょうほう》を伝えていく。

最初は半信半疑《はんしんはんぎ》だった子も、

「本当に、宿題忘《わす》れてた！」

「算数のテストの問題も、ばっちり当たってたね！」

なんて言い合って、驚《おどろ》いている。

「今日だけだからね」って言っても、誰《だれ》も耳を貸《か》さないほど盛《も》り上《あ》がっていた。

「バッカじゃねーの」と、冷ややかにこちらを見ている男子もいて、走也くんもちらちらとあたしを見ては、首をかしげている。

あ〜もう、変な子って思われたかな。次にやり直すときは、クラスのみんなに、ばれないようにしなくちゃ……。

ん？　あたし、またやり直すつもりでいる？　いやいや、今度こそがんばろう！


放課後、あたしは全力で、走也くんに悪いことが起こらないように先回りをした。でも、何かを避《さ》けようとすると、あたしが身代わりになるか、走也くんに別の悪いことが起こって、結局プレゼントを渡《わた》せない。

どうしても、うまくいかなくて……だからあたしは、何度も図書室にかけこんだ。

「いったい、いつまで続けるんですか？」

ページに手をかけながら、ハッと顔を上げた。司書の先生が立っている。ページをやぶろうとしてたことを、しかられると思ったけど、そうじゃなかった。

「あなた、何度同じ日を繰《く》り返《かえ》してるか、覚えてますか？」

どうしてそのことを……と思いながら、正直に答えた。

「えっと……八回目？」

「いいえ、もう、十三回目です」

そう言われて驚《おどろ》いた。すっかり日にちの感覚がなくなっている。

「で、でも、まだダメ。プレゼントを渡《わた》せてないし……走也くんの誕生日《たんじょうび》に、嫌《いや》な思いをさせたくないし」

「完璧《かんぺき》な一日にしたいんですね？」

あたしがうなずくと、司書の先生は冷たく言った。

「あなたが満足できるような日が、もしこなかったらどうしますか？」

え……。

「あなたは永遠《えいえん》に、同じ日を繰り返すことになります。そのうち、時のラビリンスから抜《ぬ》けられなくなるかもしれません」

「ラビリンス？」

「迷路《めいろ》という意味です。時の迷路は複雑《ふくざつ》で、はまりこんでしまったら一生……いいえ、時さえたたないまま、永遠《えいえん》に抜《ぬ》け出《だ》すことはできません」

ぞくっとした。

自分でも気づかないうちに、同じ日を繰《く》り返《かえ》し、迷路の中をさまよい続ける。何度も、何度も……永遠に。

「い、いいよ。何度だってやる！　だって、今日っていう日は、二度とないんだから！」

あたしは涙《なみだ》を浮《う》かべながら、ほとんどムキになっていた。

だって、決めたんだもん。ステキな誕生日《たんじょうび》にするって。プレゼントを渡《わた》すって。

「そうですね。あなたの言うとおり、今日という日は、二度ときません。だからみんな、いっしょうけんめいがんばれるんです。でも、何度も繰り返せたらどうですか？　次にがんばればいいと思うんじゃないでしょうか」

司書の先生の目がするどく光って、あたしは言葉につまった。

「それは……」

「それに、あなたは今しか考えていないようですけど、この先の未来のことは、どうでもいいんですか？　今を変えれば、未来も変わるんですよ」

未来も？

あたしのちょっとした行動で、未来も、どんどん変わってるって言いたいの？　もしかしたら、悪い方向に……。

あたしは、先のページを開こうとした。でも、手が震《ふる》えて、うまく指先が動かない。

「先を見ますか？　どこまで見ますか？　もし嫌《いや》なことを見つけたら、また何度もやり直しますか？」

先生につめよられると、先を見る勇気もなかった。

「あたし……」

できない。見ることができない。

「もう、あきらめなさい。ここでやめなかったら、時のラビリンスから出てこられなくなるかもしれませんよ」

先生の厳《きび》しい声が、警報《けいほう》のように聞こえる。

どうしよう……。先生の言うとおりだ。もう、わけがわからなくなってきている。

今が、今日なのか、昨日なのか、明日《あした》なのかもわからない。何十時間も過《す》ごしてるはずなのに、眠《ねむ》くならないなんて、こんなのおかしすぎる。

ダメだ……本から手をはなさなくちゃ！

そう思うのに、勝手に手が動いて、ページをつかんだ。

「プレゼントの、クッキー、だけは……」

あたしは、ぎゅっと目をつぶった。

「どうしてもあげたいのっ！」

手に、ぐっと力がこもった。


また、戻《もど》っちゃった……。

やっぱりそこは五年二組の教室で、五月二十三日の朝だった。

「なぁに、のぞみ。うとうとしちゃって、寝不足《ねぶそく》？」

ゆいちゃんに聞かれて、素直《すなお》に「うん」とうなずいた。

友達同士の会話。先生の行動。次に誰《だれ》が何を言って、何をするのか、すべて知っている。最初は、それがおもしろいって感じたけど、今はつまらないなと思った。

ポケットに手を入れると、クッキーの袋《ふくろ》が指先に触《ふ》れた。

あんなにドキドキした気持ちも、走也くんへの思いも、回数を重ねるうちに小さくしぼんでいくような気がする。

こんなんじゃダメだ。今度こそ……絶対《ぜったい》に渡《わた》さなくちゃ！

放課後、あたしは校門で走也くんを待った。

走也くんがやってきたら、すぐにプレゼントを渡そう。そう決心したのに、走也くんの姿《すがた》が見えたとたん、さっと隠《かく》れてしまった。

「もう！　どうしたっていうの？」

胸《むね》を押《お》さえると、やっぱりドキドキしてた。十回以上繰《く》り返《かえ》してるっていうのに、いざとなると、こんなにも緊張《きんちょう》してしまうなんて。

あたしはしかたなく、走也くんの後についていった。

あの橋が、見えてくる。

「あ……犬」

大きな犬を連れたおじさんが、橋を渡って近づいてくる。

あたしは、はじかれたように走り出した。走也くんを追《お》い抜《ぬ》いたところで、犬とぶつかりそうになる。「ウォンウォンッ」と、前足を上げた犬に飛びつかれそうになった。

「あ、あたし、負けないんだから！」

両手を広げて足を踏《ふ》ん張《ば》ると、走也くんはびっくりしたように立ち止まった。

「急に、犬の前に飛び出してきて、なんなんだ！」

おじさんは怪訝《けげん》な顔をすると、犬を引《ひ》っ張《ぱ》って、行ってしまった。

ふぅっと、息をつく。

「真下……どうしたの？」

走也くんが、目をぱちくりして聞いてきた。

「あ、あの」

ポケットに手を入れたけど、出すことができない。

「びっくりさせてごめんね。あの犬が、走也くんにほえかかりそうな気がして」

「へぇ、それって予知能力《よちのうりょく》かな？　オレが、犬嫌《いぬぎら》いだってこともわかったとか？　真下って、超能力者《ちょうのうりょくしゃ》みたいだな」

そう言って、ハハッと笑っている。走也くんのやさしい笑顔《えがお》に、胸《むね》がとくんと高鳴った。

「そ、そうなの！　じつはあたし、未来のことがわかるの」

思わず開き直った。走也くんになら、本当のことを言ったってかまわない。

「へぇ、すごいな」

走也くんはそう言ったけど、ちっとも信じてない様子だった。

「この先の公園で、小さい子が投げたボールが飛んでくるから気をつけて。あと、サッカーのコーチに会って、しかられるかも……」

言いながら、泣きたいような気持ちになった。結局、あたしにできることなんて、何もない。

「ふ〜ん。オレ、そんな目にあうんだ……。しかも、コーチにしかられるなんてなぁ」

走也くんは他人事《ひとごと》のようにつぶやくと、橋の上から、ちょろちょろ流れる川を見おろした。

「あ、ごめん」

しかられるなんて言われたら、誰《だれ》だって気を悪くするに決まってる。

「ううん、最近不調だから、コーチにしかられても不思議じゃないなと思って」

そう言って、川面《かわも》を見つめてため息をつく。

「塾《じゅく》の成績《せいせき》も落ちる一方だし、サッカーをやめたほうがいいのかなぁ」

走也くんが蹴《け》った石が、ぽちゃっと川に落ちた。とつぜん顔を上げて、あたしをじっと見つめる。

「本当に真下は、オレの未来がわかるの？　サッカー選手に、なれるかどうかとか」

「え……」

走也くんの真剣《しんけん》な顔に、ごくんとつばをのみこんだ。

わからない……。でも、図書室に連れていって、走也くんが『あなたの物語』を開いたら、走也くんの未来がわかるかもしれない。

でもそんなことをしたら、今度は走也くんが、時のラビリンスをさまようことになるかも。

あたしが迷《まよ》っていると、走也くんはぷっとふき出した。

「なぁんてね、冗談《じょうだん》だよ」

ぷふふっと、人懐《ひとなつ》っこい笑顔《えがお》になる。

「未来がわかったら……、怖《こわ》いだろうなぁ」

そう言って、夕日が沈《しず》んでいく、茜色《あかねいろ》の空を見つめた。

「もし、サッカー選手になるのが無理だってわかったら、もう練習する気になんてなれないもんな」

そう言われると、そうかも。

未来がわかったら、努力なんてばかばかしくなる。生きていることそのものが、つまらなくなる。

「どうなるかわからないから、がんばれるんだよな。コーチにしかられるのだって、見こみがあるってことかもしれないし」

走也くんは、無理やり、不安をふっきるように言った。

「真下は、夢《ゆめ》ってあるの?」

とつぜん聞かれて、あたしはうろたえた。何もないなんて言ったら、つまらない奴《やつ》って思われそう。

「お、お菓子屋《かしや》さん！」

思ってもいなかったことが、口をついて出た。でも言葉にしたら、ずっと前からそう思っていたような気もする。

「へぇ。お菓子作るの、得意なんだ？」

「得意っていうか、好き、かな」

「あ、それ、わかる！　得意と好きって、違《ちが》うんだよな。でも、好きなことなら、がんばれるっていうか」

「そうそう！　好きだから、失敗しても、もう一度って思えるんだよね」

走也くんはサッカーのこと、あたしはお菓子作りのことを話しているのに、気が合うなんて不思議。

「なんか真下と話して、すっげぇ元気が出てきた」

「え？」

「じつは、ちょっと落ちこんでたんだ。いろんなこと迷《まよ》ってて。でもオレ、やっぱりサッカーが好きだし、またがんばろうって気になれた。サンキュ！」

ずっと先を見つめているような、希望に満ちた、澄《す》んだ目。その笑顔《えがお》は、やっぱりステキだった。

「う、ううん。あたしは、何も……」

あたしのほうこそ、元気をもらってる。走也くんと話してると、楽しいし、うれしい。

あたしは、ポケットに手を入れた。今なら、自然に「お誕生日《たんじょうび》、おめでとう」って渡《わた》せそうな気がする！

でも……。

ポケットから出しかけた手が止まった。司書の先生に、言われた言葉を思い出す。

——今日という日は、二度ときません。だからみんな、いっしょうけんめいがんばれるんです。

みんながんばってるのに、あたしだけずるをするなんて。

それに、このチャンスを逃《のが》したら、二度と走也くんに渡せない、今日しかないって思いこんでいたけど、本当にそう？

時間が戻《もど》らなくたって、やり直すことはできるんじゃないの？

そのために、明日《あした》という日があるんじゃないの？

「じゃあな」

走也くんの背中《せなか》が、遠ざかっていく。あたしは、思いきって、大きな声で言った。

「こ、今度、あたしが作ったお菓子《かし》、食べてくれる⁉」

声が届《とど》いたかどうかわからないけど、走也くんは振《ふ》り向《む》いて、大きく手を振った。

走也くんは、あたしが言ったボールのことやコーチのこと、覚えているかな。びっくりするかな。

あたしは走也くんを見送ると、学校に引き返した。


図書室には、もう誰《だれ》もいなかった。まっすぐ、SF《エスエフ》コーナーに向かう。

「あった」

黒い布《ぬの》の表紙に、金箔《きんぱく》の文字が入った本を手にとった。

『あなたの物語』……。

「どうして、プレゼントを渡《わた》さなかったんですか？」

後ろから声がして振り向くと、司書の先生だった。

「もう一度、やり直すんですか？」

聞かれて、あたしはゆっくりと首を振った。

「ううん、もう、やり直さない。未来がわかってて何かするのって、つまらないし、ずるい気がするから」

「だから、プレゼントも渡《わた》さなかったんですね」

あたしはうなずいた。

「プレゼントを渡す勇気がないあたしも、あたしだから……。すっごく悔《くや》しくて、情《なさ》けないけど、だから次、がんばろうって思えるんだよね」

あたしは、まっすぐに先生を見つめた。

司書の先生は、ふっと笑った。初めて見る、やさしい顔だ。

「じゃあ、もうこの本はいりませんね」

「うん。でも、誰《だれ》かに読まれたらイヤだな」

「わかってます。この本は、わたくしがいただいていきます。そして厳重《げんじゅう》に、永遠《えいえん》に、誰の目にも触《ふ》れないようにすると約束します」

いただいていくって……先生って、何者だろう。そもそも、本当に先生なのかどうかさえ、わからない。

まぁ、いいか。とにかくこの本は、処分《しょぶん》してくれるみたいだし。

あたしは、もう一度本の表紙を見つめた。

ちょっとだけ、先を見てみたい気もするけれど……ううん！　ダメダメ、返さなくちゃ。

あたしは、ぐいっと本を差し出した。

そんな様子を見て、先生がくすりと笑う。

「図書室には、ほかにも、あなたが主人公の本が、たくさんあるんですよ」

どきっとする。もう、そんな本はこりごりなのに。

「まだ、あたしの物語があるっていうの？」

「ええ。これだけたくさんの本があるんですもの、自分にそっくりな子が主人公の本があっても、不思議じゃないと思いませんか？」

そういう意味か……。

ホッとしながら、ぐるっと図書室を見回した。

言われてみれば、そうかもしれない。

あたしみたいな女の子が主人公の本って、いったいどんな本だろう。あたしはその中で、どんな冒険《ぼうけん》をして、どんな人になっていくんだろう。

なんか、おもしろそう！　考えるだけで、わくわくした。

「今度は、本を借りにくるよ」

「あら、前向きなラストは、嫌《きら》いじゃなかったんですか？」

司書の先生がにやっとするから、あたしはムッとした。

「前向きじゃないラストなんて、つまんない！　バイバイ！」

あたしは司書の先生に手を振《ふ》ると、図書室を飛び出した。

カサカサと、ポケットの中で、クッキーの袋《ふくろ》が揺《ゆ》れる。

あたしが主人公の物語は、これからもずっと続く。そして、どんな物語にするかは、あたし次第《しだい》。

明日《あした》こそ、走也くんに、クッキーを渡《わた》してみせる！

妖《よう》怪《かい》食《しょく》堂《どう》は大《だい》繁《はん》盛《じょう》

廣嶋玲子

うちの小学校は普通《ふつう》すぎると、その日まで卓也《たくや》は思っていた。築《ちく》数十年の古い校舎《こうしゃ》、そっけない教室に、寒々としたトイレ、不気味な標本がたくさんある理科室に、音楽家の肖像画《しょうぞうが》がいっぱい貼《は》ってある音楽室。

今は季節が梅雨《つゆ》ということもあり、学校内はとりわけしょぼくれて見える。

「つまんねえの」

何かこう、わくわくするようなことがひとつくらいあってもいいのにと、卓也は思う。

卓也はもう五年生だ。再来年《さらいねん》の春には小学校を卒業してしまう。それまでに一度くらい、「うわあ、すげぇ！」というような体験がしてみたいものだ。

そんなことを考えながら、卓也は階段《かいだん》をのぼって、教室に向かった。二階まで来たときだ。

卓也ははっとした。

二階の階段のすぐそばには、図書室がある。その図書室の戸に、何やら貼り紙がしてあったのだ。その貼り紙の色に、卓也は目を奪《うば》われた。

なんともきれいな色だった。赤ともオレンジともいえない、夕焼け空のような茜色《あかねいろ》。見ているだけで、胸《むね》がどきどきしてしまうような色。

吸《す》い寄《よ》せられるように、卓也は貼《は》り紙《がみ》に近づいていた。貼り紙には、銀色のペンでこんなことが書かれていた。


家に帰りたくない人は、放課後、図書室に来てください。


卓也はどきっとした。

これって、俺《おれ》のことじゃないか。

卓也は、今日は家に帰りたくなかった。今朝、母さんと大喧嘩《おおげんか》してしまったのだ。

（でも、あれは母さんが悪いんだ。あんな……ひどいことするから）

小学五年生にしては珍《めずら》しく、卓也はほとんど好《す》き嫌《きら》いがない。なんでもおいしいと思うし、母さんの作ってくれたものは絶対《ぜったい》に残さないようにしている。

だが、たったひとつ、ものすごく苦手なものがあった。

カボチャだ。

カボチャとなると、卓也はどんな料理もだめだった。煮物《にもの》、あげもの、ソテー。甘《あま》いプリンになっていてもだめだ。カボチャの味にがつんと殴《なぐ》られ、気持ちが悪くなってしまう。

そのことを、卓也の母さんは知っている。なのに、「なんとしても卓也にカボチャを食べさせたい」と、急にがんばりはじめた。

「カボチャは栄養満点なのよ。食べられるようになったほうが、絶対《ぜったい》に卓也のためだから」

と、毎日、カボチャ料理をひとつ、必ず食卓《しょくたく》に並《なら》べるようになったのだ。一日目はカボチャの天ぷら、二日目はカボチャの煮物《にもの》、三日目はカボチャのサラダ、四日目はカボチャのだんご、五日目はカボチャのグラタン……。

毎日大嫌《だいきら》いなものを出されて、卓也は正直まいっていた。なんだよ、このカボチャ攻撃《こうげき》は！

今朝は、カボチャのポタージュが出てきた。

「牛乳《ぎゅうにゅう》をたっぷり入れて、クリーミーに作っておいたから。これならきっと卓也でも食べられるわよ。一口でもいいから、食べてみなさいな」

にっこりして言う母さんに、ついに卓也はキレた。

「カボチャは嫌いだって言ってんのに！　なんでやなことばっかすんのさ！」

そうわめいて、卓也はポタージュをざばっと流しに捨《す》ててしまった。

「もう朝ごはんなんかいらない！　学校行くから！」

「ちょ！　卓也！　待ちなさい！」

でも、卓也は聞く耳を持たず、そのまま家を飛び出したのだ。朝ごはんを食《た》べ損《そこ》ねたせいで、お腹《なか》はぺこぺこだし、気分も悪かった。母さんに対して、申《もう》し訳《わけ》ない気持ち。後悔《こうかい》。そんなものがぐるぐると胸《むね》の中でうずまいている。

それでも、「謝《あやま》らないぞ」と決めていた。

「人が嫌《きら》いなものばっか出すなんて、いやがらせじゃないか。嫌いなものを捨《す》てて、何が悪いんだよ」

そんな荒《あ》れた気持ちでいたときに、図書室の貼《は》り紙《がみ》を見つけたのだ。

ここに書いてある「家に帰りたくない人」というのは、自分のことだ。つまり、誰《だれ》かが自分を呼《よ》んでいる。そんな気がしてならなかった。

と、後ろから声をかけられた。

「卓也。そんなとこで何してんの？」

振《ふ》り向《む》けば、同じクラスの昇平《しょうへい》がいた。

「卓也って、図書室なんかに興味《きょうみ》あったっけ？　本なんか、ぜんぜん読まないだろ？」

「ち、違《ちが》うよ。ただなんかさ、この紙が気になって」

「紙？　ああ、先月の貸《か》し出《だ》しランキングね」

昇平は興味なさそうに、ちらっと貼り紙を見た。そのことに、卓也はびっくりしてしまった。

「な、なあ、昇平にはこれ……貸《か》し出《だ》しランキングに見えるのか？」

「はぁ？　何言ってんの？」

昇平はあきれたように貼《は》り紙《がみ》に近づき、

「先月の貸し出しランキング。トップは、『オリハルコンの夢《ゆめ》』でした。夢いっぱいの冒険《ぼうけん》ファンタジーです。まだ読んでいない子は、ぜひ読んでみてね。続いて、二位は……」

「も、もういい。もういいよ。わかったから」

「わかったんなら、ほら、もう行こうぜ。先生が来ちゃうって」

「う、うん」

うなずきながらも、卓也はその場から動けなかった。何度も何度も貼り紙を見た。

やっぱり、「放課後、図書室に来てください」と書いてある。でも、昇平はふざけている様子はなかったし、どういうことなんだ？　もしかして、この言葉は俺《おれ》にしか見えないのか？

ちょっと怖《こわ》いものも感じたが、胸《むね》のどきどき感はおさまらない。

これはもう、行くしかない。

その日一日、卓也はじりじりしながら放課後になるのを待った。授業《じゅぎょう》も休み時間も給食も、何もかもがいつもよりもゆっくりに思えて、いらいらした。

ああ、早く終わんないかな？　俺、図書室に行きたいのに。

ようやくホームルームも終わり、下校の時間となった。それっ、と卓也は図書室に向かった。

ドアを開いてみると、卓也が一番のりだったのか、図書室には誰《だれ》もいなかった。

「あ、れ……？」

卓也は少しとまどった。

なんだろう。うちの学校の図書室って、こんな感じだったっけ？　なんか、ほこりが空気中に舞《ま》っていて、金色にきらきら光って見える。それに、誰もいなくて静かなのに、なんだかくすくすと笑い声が聞こえるような気がする。

しりごみしかけたときだ。奥《おく》のほうから、ひとりの女の人が現《あらわ》れた。

「よろしい。さっそく来ましたね」

その人は、背《せ》が高く、すらっとスマートだった。顔は若《わか》くも年寄《としよ》りでもなく、これといった特徴《とくちょう》はない。ただ、とてもきれいなストレートの黒髪《くろかみ》を、長く伸《の》ばしている。

卓也は心の中で首をかしげた。こんな司書の先生、いただろうか？　でも、卓也はぜんぜん図書室には来ないから、もしかしたら前からいたのかもしれない。

その人はにこりともせずに、きびきびと言ってきた。

「五年二組の杉本《すぎもと》卓也くんですね。ようこそ、放課後の図書室へ」

「え？　な、なんで俺《おれ》の名前……」

「そんなことはどうでもいいんです。念のためにたずねますが、表の貼《は》り紙《がみ》を見て、来たんですね？」

「は、はい」

「それなら、けっこうです」

司書の先生は、きゅっと目を細めた。獲物《えもの》を前にした猫《ねこ》みたいだと、卓也はなぜか首筋《くびすじ》のあたりがぞっとした。

あの茜色《あかねいろ》の貼り紙は、どういうからくりなのか。

そう聞こうと思っていたのに。

でも、質問《しつもん》などとてもできなかった。なんというか、この司書の先生はちょっと怖《こわ》い。逆《さか》らってはいけない相手、という感じだ。

と、司書の先生が言葉を続けた。

「それでは、もうひとつだけ質問させてください。……あなたはどうして家に帰りたくないんですか？」

「へ？」

「早く答えてください」

卓也はむっとした。なんでそんなこと、言わなきゃならないんだ。

でも、司書の先生はこちらをじっと見ている。卓也はしぶしぶ答えた。

「……母さんと、喧嘩《けんか》しちゃったから。嫌《きら》いなもんを食べさせようとするから、俺《おれ》、こんなの食えないって言っちゃって……で、でも、俺は悪くない！　そうでしょう？」

卓也はすがりつくように言ったが、先生は、はいともいいえとも言わなかった。代わりに、納得《なっとく》したようにうなずいたのだ。

「わかりました。あなたには、SF《エスエフ》・ファンタジーコーナーを担当《たんとう》してもらいましょう。ついてきてください」

司書の先生はさっさと歩き出した。

卓也は慌《あわ》てて後を追った。なんだか胸《むね》がどきどきしていた。このあと、とんでもないことが起こりそうな気がする。

気がつけば、卓也は大きな本棚《ほんだな》の前に立っていた。

本棚はほとんど天井《てんじょう》に届《とど》くくらいの高さがあり、横幅《よこはば》もかなりのもので、まるでそびえたつ壁《かべ》のようだ。六段《だん》の棚には、それぞれぎっしり本が詰《つ》まっている。

「こ、これ……」

「あなたに担当していただくSF・ファンタジーコーナーです」

「た、担当《たんとう》？　な、なんですか、それ？」

「もちろん、本の整理です。あの茜色《あかねいろ》の貼《は》り紙《がみ》は、その手伝いを募集《ぼしゅう》したものだったんです。やってもらえますね、五年二組、杉本卓也くん？」

「………」

だまされた！　卓也は心の中でわめいた。何が「家に帰りたくない人は」だ！　結局、暇《ひま》な子どもをこきつかうためだったんじゃないか！

でも、いまさら逃《に》げられない。

卓也はぶっちょうづらで先生にたずねた。

「……何をすればいいんですか？」

「だから、本の整理です。じつは、この図書室のものではない本が、このコーナーに迷《まよ》いこんでしまっているのです。それを見つけ出してください。とても貴重《きちょう》な、ある意味ではとても危険《きけん》な本なので、誰《だれ》かが読む前に、早く見つけてしまいたいんです」

「危険？」

よくわからなかった。危険な本なんて、あるはずないのに。

「どうして、先生が自分で探《さが》さないんですか？」

「そうしたいのはやまやまなんですが、わたくしでは見つけられないんです。あなたのような人でないとね」

先生の言っていることは、わからないことだらけだと、卓也は思った。

でも、本を探《さが》し出《だ》すというのはおもしろそうだ。宝探《たからさが》しみたいだし、家に帰らないでいい、言いわけにもなる。

卓也はうなずいた。

「やります」

「よかった。ありがとう」

「それで、なんて本なんですか？」

「……タイトルも作者もわかりません。ただ、本の裏表紙《うらびょうし》に、金色の判子《はんこ》が押《お》されているはずです。こういうものです」

先生は、小さなメモ帳とペンをポケットから取り出し、さらさらと描《か》いてみせた。それは、奇妙《きみょう》な紋章《もんしょう》だった。丸の中に、開いた本と鍵《かぎ》の絵が入っている。

「このマークを目印にしろってこと？」

「そういうことです。よろしくお願いします。これと同じ判子が押してある本を見つけたら、すぐにわたくしを呼《よ》んでください。それと、くれぐれも気をつけてください」

「気をつける？」

「そう。最初に言いましたが、それはとても危険《きけん》な本なのです。見つけても、絶対《ぜったい》に読まないでください。ページをぱらぱらめくるのもだめ。とにかく、すぐにわたくしに渡《わた》すこと。いいですね？」

「は、はぁ……えっと、わかりました」

「ありがとう。よろしく頼《たの》みます」

そう言って、先生はカウンターのほうへ行ってしまった。

はてさて、変なことを引き受けてしまったと、ちょっと後悔《こうかい》しながらも、卓也は本棚《ほんだな》に向き直った。

「ま、退屈《たいくつ》しのぎにはなるかな。ちょっとやってやるか」

まずはいちばん上の段《だん》から始めることにした。そのままでは届《とど》かないので、台を持ってきて、数冊《すうさつ》、本を抜《ぬ》き取《と》った。

裏表紙《うらびょうし》を確《たし》かめてみたが、どれもはずれだ。

そこで、本を元どおりにし、隣《となり》の数冊を引《ひ》っ張《ぱ》り出《だ》した。

出して、確かめて、戻《もど》す。出して、確かめて、戻す。

五分もしないうちに、飽《あ》きてきてしまった。だいたい、この本棚にあるのは、卓也の興味《きょうみ》のない本ばかり。ちょっとページを開いて、中をのぞく気にもなれない。マンガでもあれば、まだましだったのに。

心の中でぶつくさ言いながら、卓也はまた本を数冊《すうさつ》、引《ひ》っ張《ぱ》り出《だ》した。その中の一冊に、ふと目がいった。

どういうわけか、その本がやたらと気になってしまった。その本だけが、ほかのものよりも古びた感じがしたからかもしれない。そんなに分厚《ぶあつ》くはないが、すり切れた黒い布張《ぬのば》りの本で、かなりの歴史を感じさせる。表紙には、白いエプロンをつけた三つ目の猫《ねこ》の絵が貼《は》りつけられていた。

タイトルは『妖怪食堂《ようかいしょくどう》は大繁盛《だいはんじょう》』。

(おもしろそうだな……)

そう思ったことに、びっくりした。今まで、本に興味《きょうみ》を覚えたことなんかないのに。

ちょっと慌《あわ》ててしまい、気持ちを落ち着けるために、本をひっくり返した。同時に、心臓《しんぞう》が大きく音を立てた。裏表紙《うらびょうし》に、金色の印《いん》が刻《きざ》まれていたのだ。丸の中に、本と鍵《かぎ》の絵が入っている。

あった！　この本が、そうだったんだ！

そのとたん、卓也は自分でも不思議なくらい、この本を読みたくてたまらなくなってしまった。

ページをめくりたい。中にどんな物語があるのか、知りたい。これはきっと、司書の先生が「読むな」と言ったからだ。読むなと言われると、逆《ぎゃく》に読みたくなってしまう。

ちらっと、卓也はカウンターのほうを見た。先生はこちらに背《せ》を向けていて、卓也が本を見つけたことにぜんぜん気づいていない。チャンスだ。今なら、これがどんな本なのか、読むことができる。

ちょっとだけ。ちょっとだけならいいだろう。

ごくりとつばを飲みこみながら、卓也は本を開いた。

大きなキッチンはとても暑かった。

その一文から、物語は始まっていた。

大きなキッチンはとても暑かった。火にかけられた鍋《なべ》や釜《かま》からは、もうもうと湯気が上がり、まるで霧《きり》のように立ちこめている。

そして、たくさんのにおいがした。魚のにおい、肉のにおい、野菜を煮《に》こんでいるにおい。まるでにおいの竜巻《たつまき》だ。

思わず息を吸《す》いこんだところで、卓也ははっとした。

「ど、どこだよ、ここ!」

今の今まで、学校の図書室にいたのに。

パニックを起こしかけながら、まわりをきょろきょろと見た。濃《こ》い湯気を通して、いくつもの影《かげ》が忙《いそが》しげに動いているのが見えた。声も聞こえた。

「ギョロギョロ目玉《めだま》の煮《に》こみは終わったか?」

「もうすぐです!」

「気をつけろよ! やわらかく煮こまねえと、目が飛び出すほど辛《から》いままだからな」

「はい!」

「しゃれっけシャケ、焦《こ》がすなよ! 焦げたら、手がつけられねぇ。食っても、小粋《こいき》な冗談《じょうだん》はおろか、下手なだじゃれも出てこなくなっちまう」

「へい!」

「おい。このギョギョット魚《うお》のスープ、ちょいと味が薄《うす》いぞ! これじゃお客様にぎょっと驚《おどろ》いてもらえねぇ! 直せ!」

「すんません! すぐやります!」

ひときわ大きな声が響《ひび》くたびに、あちこちから返事をする声があがる。

そうっと、卓也は後ずさりをした。なんだか知らないが、ここは怖《こわ》そうだ。なんとかこっそり逃《に》げ出《だ》さないと。

だが、どんっと、何かにぶつかってしまった。続いて、ばしゃんっと、何かがこぼれる音がした。

「うわあああっ！　な、何すんだよぉ！」

「へ、あ、ご、ごめんなさい！　えっ！」

とっさに謝《あやま》ったあとで、卓也は目を丸くした。

そこにいたのは、大きな緑色のトカゲだったのだ。エメラルド色の恐竜《きょうりゅう》のような体に白いエプロンをつけ、頭には小さな白いコック帽《ぼう》をのせている。

そいつは床《ゆか》にしりもちをついて、金色の目で卓也をにらみつけてきた。

「なんで、こんなとこにぼさっと立ってたんだ！　お、おまえのせいで、スープが台無しになっちまったじゃないか、新入り！」

確《たし》かに、トカゲの横には鍋《なべ》が転がっていて、紫色《むらさきいろ》のスープが大きな水たまりを作っていた。

だが、卓也はそれどころではなかった。自分よりも大きな体の緑色のトカゲが、服を着ていて、しかも、人間の言葉をしゃべった。

いったい、どうなってるんだ！

頭がぐらぐらして、思わずよろめいた。

とたん、誰《だれ》かに首根っこをひっつかまれた。続いて、われがねのような声がとどろいた。

「この忙《いそが》しいときに、何やってんだ、ばかたれどもが！」

「お、親方！」

ぴょんと、トカゲがとびあがった。卓也も、無理やり顔を後ろに向けた。

そこに、とんでもなく大きな虎猫《とらねこ》がいた。まるで相撲取《すもうと》りのようにでっぷりとしていて、オレンジ色の毛並《けな》みはぼさぼさ。目はぎらぎらと光る緑色で、それがなんと、三つもある。三つ目の猫なのだ。

トカゲと同じように、白いエプロンをつけ、白い帽子《ぼうし》をかぶっているが、こちらの帽子のほうがずっと大きくて長かった。まるで王冠《おうかん》のようだと、震《ふる》えながらも卓也は思った。

と、虎猫はじろりと床《ゆか》にこぼれたスープを見た。

「こいつぁ、どういうことだ？」

「は、はい、親方。ご、ごらんのとおり、こ、こぼれ、ちまって。あ、で、でも、俺《おれ》のせいじゃありません！　そ、その新入りがぼさっと通路に立っていたもんだから」

「本当か、新入り？」

虎猫ににらまれ、卓也は縮《ちぢ》みあがった。こ、殺される！

「ご、ごめんなさい！　ごめんなさい！」

死《し》に物狂《ものぐる》いで謝《あやま》る卓也に、ふんと、虎猫は鼻を鳴らした。

「しくじったことをいちいちしかってる時間はねえ。もうじき飯時《めしどき》だ。お客様がわんさと、この満腹亭《まんぷくてい》にいらっしゃるからな。おい、チョキ。スープは作り直せ。グラ、この床《ゆか》ふいて、きれいにしとけ！」

「は、はい、親方！」

「それと、新入り。おめえはこっちだ！」

虎猫《とらねこ》は卓也を台所のすみっこへと連れていき、小さな腰《こし》かけに座《すわ》らせた。そして、その目の前に、どすんと、大きなバケツいっぱいのニンニクを置いたのだ。普通《ふつう》のニンニクと違《ちが》って、このニンニクはどれも真っ赤で、においも三倍くらい強烈《きょうれつ》だった。

わけがわからない卓也に、虎猫は言った。

「おめえみてえなのにうろちょろされたら、厨房《ちゅうぼう》は大迷惑《だいめいわく》だ。ここでおとなしくカミツクニンニクの皮をむいてろ。テン、おめえのほうがちょっとだけ兄弟子《あにでし》だ。この新入りの面倒《めんどう》を見てやんな」

「はい、親方」

元気よく答えたのは、卓也と同じくらいの大きさの子鬼《こおに》だった。赤い肌《はだ》に金色の巻《ま》き毛《げ》、小さな白い角がおでこに生えている。

もう驚《おどろ》く気力もなく、卓也はへなへなと腰かけにへたれこんだ。と、テンと呼《よ》ばれた子鬼が声をかけてきた。

「だめだよ。なまけたら、親方にしかられるよ。ほら、ニンニクの皮をむこう。おいらがこつを教えてあげるから」

「う、うん」

あの虎猫《とらねこ》に怒鳴《どな》られるのはまっぴらだと、卓也はおとなしくテンといっしょにニンニクの皮をむきはじめた。といっても、今までやったことがない作業に、なかなか手こずった。おまけに、この赤いニンニクは、ちょっとでも乱暴《らんぼう》にあつかうと、指先に噛《か》みついてくるのだ。

泣きそうになりながら、卓也はそっとテンにささやいた。

「あ、あのさ……こ、ここって、なんなの？」

「えっ？　忘《わす》れちまったの？」

「……忘れたっていうより……俺《おれ》、ここ、いきなり来たんだけど……」

「……もしかして、湯気のせいでのぼせて、頭がぼうっとしちまってんのかな？　なら、失敗したりするのも無理ないね。えっと、ここは妖怪食堂《ようかいしょくどう》、満腹亭の厨房《ちゅうぼう》だよ」

「厨房？」

「料理を作る場所。キッチンってこと。で、ここの料理長がドラ丸親方《まるおやかた》さ」

「さっきの三つ目の猫？」

「そう。ここじゃ親方が王様なんだ。言うことはきっちり守らないとだめだよ。怒《おこ》らせたら怖《こわ》いんだから。さ、ニンニクを終わらせちまおう。あんまりぐずぐずしてると、ぶつ切りにされて、漬物壺《つけものつぼ》に入れられちまうかも」

それはかんべんだと、卓也は真っ青になって、ニンニクの山に向き直った。

指が傷《きず》だらけになるほどむいて、ようやく作業が終わった。卓也がほっとしていると、テンが親方のところに報告《ほうこく》しにいった。

「終わりました、親方」

「ふん。えらく時間がかかったもんだ。まあいい。そんじゃ、次はゲラゲラ大根《だいこん》をおろしてくれ」

テンはうなずいたが、卓也はぎょっとした。

「ま、まだやることあるの？」

「何をすっとぼけたこと言ってるんだ」

親方はあきれたように体の毛をふくらませてみせた。

「ここは天下の満腹亭だぞ？　俺《おれ》たちの料理を味わいに、日々お客様が押《お》し寄《よ》せてくる。つまり、厨房《ちゅうぼう》の仕事はいくらでもあるってことだ。ぐずぐずするな。大根！」

「は、はい！」

怒鳴《どな》られ、卓也は慌《あわ》ててテンのもとへと走っていった。

先に貯蔵室《ちょぞうしつ》に行っていたテンは、大根を手押《てお》し車《ぐるま》にのせて出てきた。その数、およそ二十本。卓也とテンは巨大《きょだい》なおろしがねを使って、大量の大根おろしを作っていった。が、この大根も普通《ふつう》ではなかった。手で持つと、身をよじって、げらげら笑うのだ。暴《あば》れる大根を押さえながら、卓也はなげいた。

「な、なんで、俺《おれ》、こんな目に~!」

「泣きごと言ってないで、手を動かせって! 親方が来ちゃうよ!」

「うっ! ぐすっ!」

親方が怖《こわ》くて、卓也はひいひい言いながらも働き続けた。

大根をおろしたあとは、皿みがき。皿みがきのあとは、ダイヤクルミの殻割《からわ》り。

親方が言ったとおり、仕事はいくらでもあった。ひとつ片付《かたづ》けると、すぐにまた別の仕事を言いつけられるのだ。

だが、卓也だけが特別にこきつかわれているわけではなかった。ほかのみんな、テンやトカゲのチョキ、そのほかの見習いコックたちは、卓也以上に働いていた。

そして誰《だれ》よりも忙《いそが》しげなのが、ドラ丸親方だった。

親方は目まぐるしく厨房《ちゅうぼう》じゅうを飛び回っていた。あっちで風呂《ふろ》おけのように大きな鍋《なべ》をかきまぜていたかと思うと、こっちのオーブンで肉の焼き具合を確《たし》かめる。そうかと思えば、超高速《ちょうこうそく》で野菜を刻《きざ》みはじめる。

とにかく、信じられないような動きだ。卓也にはとてもまねできない。それどころか、とにかく足手まといにならないように、必死になるしかなかった。こんなに必死に何かをしたのは、生まれて初めてだ。

と、小山のように大きな魚が運ばれてきた。色は深い藍色《あいいろ》で、金色の目をして、ハリネズミのようにとげだらけだ。正直言って、とても食べられそうにないしろものだ。

どうするんだろうと、卓也が息をつめて見ていると、親方が包丁を取りあげた。なんと、親方の体よりも大きな包丁だ。それを軽々と、片手《かたて》で持ちあげると、親方は「むん！　ふん！」と、気合の入った声を放ちながら、腕《うで》をふるった。

魔法《まほう》でもかけられたみたいに、とげだらけの大魚は、見事に切り身になってしまった。その上に、親方は香辛料《こうしんりょう》をふりかけた。緑色と銀色の粉が舞《ま》い散《ち》ると、切り身にとろっと照りが出てきた。なんだか急においしそうだ。

「ハリマンボンの下処理《したしょり》終わり！　あとは冷蔵庫《れいぞうこ》に入れて、じっくり熟成《じゅくせい》させとけ！」

「了解《りょうかい》っす！」

（すげぇ！　親方って、ほんとすげぇ！）

テンに頼《たの》まれ、キノコが入ったかごを運んでいた卓也だったが、親方の仕事ぶりに思わず見とれてしまった。そして、うっかり流し台の角にぶつかってしまったのだ。

と、ふしゅっと、煙《けむり》のようなものが顔にふきつけられた。とたん、目の前が揺《ゆ》れ、急に真っ暗になってしまったのだ。

はっと気がつくと、卓也は小さな薄暗《うすぐら》い部屋にいた。なぜか大きな木箱の中に横たわっていた。毛布《もうふ》がちゃんとかけられていて、心配そうにテンがこちらをのぞきこんでいた。

「あ、気づいた！　大丈夫《だいじょうぶ》かい、新入り？」

「お、俺《おれ》……」

「アノヨダケの胞子《ほうし》を吸《す》いこんじまったんだよ。あのキノコ、味はあの世に行けるくらいうまいんだけどね。ちょっとでも衝撃《しょうげき》を与《あた》えると、すぐに危《あぶ》ない胞子を出すんだ。ちゃんと教えてなくて、ごめんよ。あ、親方！　親方、新入りが目を覚ましましたよ！」

「おう」

のっそりと、親方がこちらに近づいてきた。手にはおわんを持っている。

「ここはいいから、テン、おめえもまかないを食ってきな。今のうちに食っておかねえと、夜までもたねえぞ」

「はい。それじゃ新入り、またあとでな」

テンが走り去ったあと、親方は卓也の横に座《すわ》って、ぶっきらぼうにおわんを差し出してきた。

「まかないだ。食いな」

おわんの中に入っていたのは、ぞうすいだった。野菜の切れはしやさといも、菜っ葉など、具がいっぱい入っていて、湯気をたてている。

なんともいいにおいがしたが、卓也は、げっと思った。ぞうすいには、カボチャも入っていたのだ。

もうそれだけで、卓也はげんなりしてしまった。でも、「いらない」なんて言ったら、ひどい目にあうかもしれない。

しかたなくおわんを受け取り、「いただきます」と、口に運んだ。

一口すすった。やっぱりだ。カボチャの味が強くて、おえっとくる。

ぼろぼろと涙《なみだ》をこぼしだした卓也に、親方は目を見張《みは》った。

「ど、どうしたんだ、おめえ？」

「ご、ごめ、んなさい。た、食べられません……」

「食えねえ？　俺《おれ》が作ったのがまずいってのか？」

ぶわっと、親方の毛が逆立《さかだ》った。目の玉もらんらんと燃《も》えあがる。

震《ふる》えながら卓也はかぶりを振《ふ》った。

「そ、そうじゃなくて、お、お、俺《おれ》、カボチャ、嫌《きら》いで……ど、ど、どうしてもおいしく思えなくて……」

「ふうん」

すうっと、親方の毛がもとに戻《もど》った。

「そんじゃ、これは返しな」

親方は卓也の手からおわんをひったくり、部屋から出ていってしまった。

ひとりになり、卓也はぐすぐす泣いた。涙《なみだ》が止まらなかった。料理人の料理を食べないなんて、失礼なことだと、自分でも思う。きっと親方を怒《おこ》らせてしまったに違《ちが》いない。いよいよ漬《つけ》物《もの》にされてしまうのだろうか。

と、親方が戻ってきた。

「そら。これなら食えるだろ?」

差し出された皿の上には、大きなハムサンドがあった。分厚《ぶあつ》く切ったハムがパンにはさんである。まさに卓也好みのサンドウィッチだ。

ごくりと、卓也ののどが鳴った。からっぽのお腹《なか》もだ。親方をそっと見ると、親方はうなずいてきた。

「おめえのために作ったんだ。遠慮《えんりょ》はいらねえ。食え」

恐《おそ》る恐《おそ》る受け取り、一口食べた。おいしかった。こんなにおいしいサンドウィッチは初めてで、もう食べるのを止められない。

ハムサンドをむさぼり食う卓也を、親方は満足そうに目を細めて見ていた。

「うめえかい？」

「は、はい、すごく！ ……あの」

「ん？ なんでぇ？」

「な、なんで、ですか？ 怒《おこ》って、るんじゃなかったんですか？」

「怒るぅ？ ああ、おめえがぞうすいを食わなかったからかい？」

体をゆするようにして、親方は笑った。

「馬鹿《ばか》だなぁ。そんなことで怒りゃしねえよ。まあ、確《たし》かにいい気分はしねえが、口に合わねえとあっちゃ、しょうがねえもの。それに、おめえ、食おうと努力はしたじゃねえか。一口、食っただろ？」

「………」

「あれでいいんだ、あれで。俺《おれ》はな、嫌《きら》いなものを無理に食えとは言わねえ。人それぞれ好き嫌いってもんはあるからな。ただな、食べ物と料理人への感謝《かんしゃ》、こいつぁ忘《わす》れちゃならねえよ」

「感謝《かんしゃ》……」

「おうよ。食べ物ってのは命だ。肉や魚はもちろん、米や果物もみんな命よ。その命を、俺《おれ》ら料理人は料理にする。そいつをだ、一口も食わずに、食えねえというのは、あまりにも感謝がねえ。失礼ってもんだ。食ったらおできができるとか、死んじまうとか、そういう場合はしかたねぇけどな」

「……」

「これからも食材と料理を作ってくれた人への感謝を忘《わす》れるんじゃねえぞ。どんな嫌《きら》いなもんが出てきても、せめて一口は食え。それが礼儀《れいぎ》ってもんだ。……もし、おめえが一口も食わずにぞうすいを断《ことわ》っていたら、俺はおめえをミンチにしてただろうなぁ」

親方に真顔で言われ、卓也はぞっとした。よかった。ぞうすいを断らなくて、ほんとによかった。

「ま、ハムサンドがお気に召《め》したようで、何よりだ」

「は、はい！　これ、ほんとにおいしいです！」

「だろう？　なんせ、ハムがいいんだ。ミミズ豚《ぶた》のロースを使ってるからな。それに、ヘドロガエルの卵《たまご》から作ったマヨネーズ。こいつがもう、こたえられねぇうまみでなぁ」

「ミミズ！　カ、カエル！」

卓也がとびあがったときだ。

「おや、やっぱりここでしたか」

ふいに、女の人の声がしたかと思うと、卓也の目の前がさあっと明るくなった。


ぱたん。


小さな音に、卓也ははっとした。見れば、目の前に司書の先生が立っていて、あの黒い本を閉《と》じたところだった。

そう。卓也は、学校の図書室に戻《もど》っていたのだ。

目を白黒させている卓也に、先生が言った。

「やっぱり読んでしまったんですね。いけませんね。危険《きけん》だと言ったのに」

言葉でしかりながらも、先生はなんだかうれしそうな顔つきだった。うまくいった、してやったりと、言わんばかりの雰囲気《ふんいき》なのだ。

「あ、あ、あの……俺《おれ》……」

「わたくしが迎《むか》えにいかなかったら、あなた、あの妖怪食堂《ようかいしょくどう》の新入りとして、本の世界に取りこまれてしまっていたでしょう。でもまあ、戻《もど》ってこられてよかった。こうして本も見つけてもらえたし。本当にありがとう。お礼できるものは何もないんですけど……もしかしたら、あなたはもう何か得ているかもしれませんね」

そう言って、先生は黒い本を持ったまま、図書室の奥《おく》へと歩いていってしまった。

その後《うし》ろ姿《すがた》を見送りながら、卓也の頭の中には別のことが浮《う》かんでいた。

今朝のカボチャのポタージュだ。一口も飲まずに、全部捨《す》ててしまった。あれは母さんが卓也のためにこしらえてくれたものだったのに。

「食べ物ってのは命だ。肉や魚はもちろん、米や果物もみんな命よ。その命を、俺《おれ》ら料理人は料理にする。そいつをだ、一口も食わずに、食えねえというのは、あまりにも感謝《かんしゃ》がねえ。失礼ってもんだ」

満腹亭のドラ丸親方の言葉が、胸《むね》にこだましていた。

ふいに、卓也は無性《むしょう》に母さんに謝《あやま》りたくなった。でも、ただ謝るだけじゃ足りない気がした。言葉だけじゃなく、何かをそえて、ちゃんと自分の今の気持ちを伝えたい。

そして、あることを思いついた。

(もしかしたら、この図書室のどこかにあるかもしれない)

きょろきょろと、卓也は本棚《ほんだな》の間を歩き出した。と、五年一組の光《ひかる》を見つけた。去年まで同じクラスだった子で、男子のくせにやたら手芸とかが得意だ。友達ってほどではないが、卓也は喜んだ。光なら、自分が知りたいことを知っているかも。

　だから、近づいて声をかけた。

「よう、光」

「卓也？　……珍《めずら》しいね、卓也が図書室にいるなんて。探《さが》しもの？」

「うん。まあな。……なあ、光は手作りのものがうまいよな？」

「うまいってほどじゃないけど、好きだよ」

「料理もできるか？」

「編《あ》み物《もの》のほうが得意だけどね。いったい、何が聞きたいわけ？」

「その、いい料理本を知らないかなって思ってさ。俺《おれ》にもできるような、簡単《かんたん》な料理の作り方が載《の》ってる本って、この図書室にあるかな？」

「卓也、料理する気？」

　目をまんまるにされて、卓也はちょっと恥《は》ずかしくなった。でも、ドラ丸親方のことを思い出し、胸《むね》を張《は》った。そうだ。料理をしている親方は、あんなにかっこよかったじゃないか。俺が恥ずかしがることなんかないんだ。

「うん、母さんになんか作って、ごちそうしてやりたいんだ」

「そ、そうなんだ……。それなら、いい本があるよ。こっちだよ」

「さすが！　光なら知ってると思ったよ！」

喜んで、卓也は光の後についていった。

本を借りたら、すぐに帰ろう。帰って、母さんがパートから戻《もど》るまでに料理を作って、「ごめんなさい」って謝《あやま》るんだ。

母さんのびっくりした顔が目に浮《う》かび、卓也は思わずにやりとした。

そうだ。どうせなら、ナスを使った料理にしよう。母さんの大嫌《だいきら》いなナスを、すてきな一皿にして、「うそ！　これ、おいしいわ！」って、言わせられたら最高だ！

秘《ひ》境《きょう》ループ

濱野京子

嶋原光《しまばらひかる》は、放課後、毎日のように図書室に来ていた。その日も窓《まど》ぎわの席に座《すわ》っていると、隣《となり》のクラスの真下《ました》のぞみが、

「嶋原くん、何読んでるの？」

と聞いてきた。光は本に目を落とす。じつは、本を読んでいたわけではないのだ。はっきりいって本なんか好きじゃないし、調べ物があったわけでもない。それに、宿題で調べ物をするなら、ネット検索《けんさく》したほうが早い。

「へえ？　嶋原くん、手芸にも興味《きょうみ》があるんだ」

のぞみが、光が開いていた小物作りの本を見て言った。

「悪いかよ」

のぞみは、去年同じクラスだった子だ。お菓子《かし》作《づく》りが好きで、一度、クッキーの作り方で盛《も》り上《あ》がったことがある。

「悪いなんて言ってないのに。お菓子作りとか好きだし、女子力《じょしりょく》高いなって。料理もするって言ってたよね。そういうの、意外と女子にウケるんだよ」

そうなのだ。光は、お菓子作《かしづく》りとか、料理、手芸など、女子に人気があるものが好きなのだ。低学年のころから、かわいらしいものが好きで、キャラ弁《べん》を作ったり、手作りのお菓子をラッピングしたり、編《あ》み物《もの》をしたりしてきた。それで、女の子みたい、なんて言われたこともあった。そのことが恥《は》ずかしくて、自分の趣味《しゅみ》を隠《かく》そうとした時期もあったけれど、今は、好きなものは好き、と開き直っている。

じゃあ、かわいい感じの女の子が好きかというと、そうでもない。というか、今、ひそかに気になっているのは、校庭で男子に交じってサッカーをやっている隣《となり》のクラスの女子。名前を藤野千尋《ふじのちひろ》という。

千尋は、ひょろっと背《せ》が高くて、髪《かみ》をショートカットにしたボーイッシュガールだ。スポーツ万能《ばんのう》で、勉強もまあまあできるし、性格《せいかく》もさっぱりしているから、男子にも女子にもけっこう人気がある。

そして、光が毎日のように図書室に来ているのは、二階の窓《まど》から、千尋を見るためだった。ここなら、誰《だれ》にも邪魔《じゃま》をされずに見ることができるのだ。

外から歓声《かんせい》が聞こえて、のぞみが窓から校庭を見下ろした。

「あ、うちのクラスの子たちだ。樹《たつる》がゴール決めたみたい。やっぱり、樹、うまいなあ」

「まあね、あいつは運動神経《うんどうしんけい》いいし」

小山《こやま》樹はサッカー大好き少年で、千尋とも仲がよさそうだ。そんな樹のことが、光は羨《うらや》ましくてしかたがなかった。やっぱり、千尋は、樹みたいな子が好きなんだろうか。編《あ》み物《もの》をしたり、お菓子《かし》を作ったりするのが好きな男子なんて、目じゃないかもしれない。

「けど、千尋もやるじゃん。知ってる？　うちのクラスの女子だけど」

「あ、うん、名前ぐらい」

と答えて下を向く。顔がほてってくるのを見られないようにしなくては、と思ったのだ。

「千尋とあたし、今、席が近いんだ。おもしろい子だよ。千尋の夢《ゆめ》って、冒険家《ぼうけんか》になることなんだよ」

「ぼ、冒険家？」

「でも、それで終わらないのが、千尋らしいっていうか。世界の秘境《ひきょう》を探検《たんけん》して、それを本にして出版《しゅっぱん》したいんだって」

のぞみは、くふっと笑った。

「ふーん」

光は興味《きょうみ》なさそうな顔をしたけれど、本当は胸《むね》がどきどきするのをおさえられなかった。

――冒険家かあ。ゲームとかなら、それもいいけどなあ……。

のぞみが立ち去ったあと、またそっと窓《まど》の外を見る。なんて軽《かろ》やかに動くのだろう！

千尋について、情報《じょうほう》をキャッチできたのはうれしいけれど、冒険《ぼうけん》なんて大の苦手だと思うと、複雑《ふくざつ》な気分になった。でも、光はその日、ふと目についた「秘境《ひきょう》」という文字につられて、『世界《せかい》の秘境《ひきょう》を歩《ある》く』という本を借りた。かなり古そうな本だったが、千尋が興味《きょうみ》を持っていることに、少しでも近づきたかったのだ。

ある日の放課後のこと。光が、いつものように図書室に向かうと、入り口のドアに何か貼《は》ってあるのに気がついた。近寄《ちかよ》って見ると、夕焼け空みたいな茜色《あかねいろ》をした紙に、銀色の古めかしい文字で、こんなことが書いてあった。

夢《ゆめ》をかなえたい人は、放課後、図書室に来てください。

夢をかなえたい？

光はふっと笑った。夢なんて、べつにないし。それにしても、妙《みょう》な貼り紙だな、と光は思った。今まで、こんな貼り紙は見たことがなかった。

光が首をかしげながら図書室に入ると、カウンターのところにいた図書委員の子に声をかけられた。

「どうかしたの？　変な顔して」

「いや、外に、妙《みょう》な貼《は》り紙《がみ》が……」

「貼り紙？　そんなもの貼ってないよ」

「あるよ。夢《ゆめ》をかなえたい人は、どうとかって……」

「ええ？」

図書委員の子は、いったん、図書室の外に出たが、すぐに戻《もど》ってくると、少し怒《おこ》ったように言った。

「何もないわよ」

「そんなはずないよ。確《たし》かにあったんだから」

と言いながらも、まあ、どうでもいいかと思い直して、光はいつもの席に向かった。

校庭では、その日も、サッカーをやっていた。みんな楽しそうだ。なかでも、ひときわ輝《かがや》いて見えるのが千尋だ。はじけるような千尋の笑顔《えがお》を、もっと近くで見たい。

下校の時刻《じこく》が近づいてきたので、光は開いていた手芸の本を棚《たな》に戻そうとした。表紙の、赤い色をした編《あ》みぐるみのクマの写真を見て、さっき見た茜色《あかねいろ》の貼り紙がよみがえった。

「夢をかなえる……か」

とつぶやく。すると、背後《はいご》で声がした。

「夢《ゆめ》をかなえたいんですね」

振《ふ》り返《かえ》ると、背《せ》の高い女の人が立っていた。ストレートのロングヘアーで、見かけたことがない人だ。新しく来た司書の先生だろうか。

「べつに、かなえたい夢なんて、ないし」

「本当にないですか？」

「ないです」

「でも、この図書室には、『夢《ゆめ》かなえる本《ほん》』が、あるんですよ」

「夢をかなえる、本？」

「『夢かなえる本』です。この本を借りれば、本当に夢をかなえることができます。借りてみますか？」

本を借りるつもりなんてなかった。けれど、借りてみますか、と聞かれると、借りてみてもいいような気がしてきた。それで、光はこくっとうなずいた。

司書の先生は、棚《たな》から分厚《ぶあつ》い本を抜《ぬ》き取《と》ると、光に渡《わた》した。

「これですよ」

その本は、表紙が黒い布張《ぬのば》りで、縁《ふち》がすり切れていた。そして表紙の真ん中あたりに、古風な書体で、「夢かなえる本」と書いてあった。

「ここにあなたの名前を書いてください」

先生は、小さな手帳を取り出して開いた。

「あの、借りるときって、カードじゃなくて？」

「これは、特別な本なのですよ」

光は言われるままに、先生が開いた手帳の白いページに、名前を書いた。

「嶋原光くんですね。この本は、普通《ふつう》の本ではありませんから、貸出《かしだし》期間は、今日を入れて三日間だけです。明後日《あさって》の放課後、必ずわたくしに返してくださいね。それから、最初のページは、しっかりと読まなくてはなりませんよ」

先生は、手帳を閉《と》じた。


家に帰った光は、さっそく本を開いてみた。

最初のページの一行目には、こんなことが書いてあった。

夢かなえる本　使用心得《しようこころえ》

使用？　本って使うものではなく、読むものなのに、とそんな疑問《ぎもん》が頭をかすめた。でも、とにかく先を読んでみることにした。

一、かなえたい夢《ゆめ》を一心に願うべし。本に手を置いて、かなえたい夢を三度唱えるべし。
二、返却《へんきゃく》までの間に、夢をかなえるのはただ一度と心得《こころえ》るべし。
三、夢をほかの人に話すことは厳《げん》に慎《つつし》むべし。
四、借りている間、この本をほかの人に見られぬよう注意すべし。
五、本は必ず、期日内に返却すべし。
以上の心得を違《たが》えた場合は、大いなる災《わざわ》いを覚悟《かくご》すべし。


筆文字をくずしたみたいな字で、読みにくかったが、なんとか読むことはできた。

「ふーん」

大げさなことが書いてあるけれど、本気にはしなかった。こんなことで夢をかなえられるなんて、あるはずない。でも……。

もしも、本当に夢がかなえられるとしたら、何を願うだろう。

お小遣《こづか》いをたくさんもらう？　それは、夢というのとはちょっと違《ちが》う気がする。じゃあ、将《しょう》来《らい》、なりたい職業《しょくぎょう》になれる、とか？　けれど、仕事をするのはずっと先のことだから、なりたい職業《しょくぎょう》なんて、途中《とちゅう》で変わる可能性《かのうせい》だってある。もし、今なりたいものになることがかなえられても、将来《しょうらい》は、なりたくないものになっているかもしれない。

夢《ゆめ》を問われても、そんなに簡単《かんたん》に、これだ、って言えるわけではないのだ。あれこれ考えたけど、これというものが思《おも》い浮《う》かばなかったので、光は引き出しに本をしまった。引き出しに入れたのは、ほかの人に見られないようにという心得《こころえ》が、頭をかすめたためだ。

次の日、光が図書室のいつもの場所で、校庭でサッカーをやっている千尋を見ていると、すぐ後ろで声がした。

「本の返却《へんきゃく》は明日《あした》ですよ」

司書の先生だった。先生は、光と目が合うと、にっ、と笑って背《せ》を向けた。黒いロングヘアーがばさりと揺《ゆ》れた。

その日、家に帰った光は、引き出しから本を取り出した。結局、何も思いつかないまま、明日には本を返してしまうのだろうか。それもつまらない。もちろん、夢がかなえられるなんて信じているわけではないけれど。

今、自分がかなえたい夢はなんだろうか、と光は真剣《しんけん》に考えはじめた。

すると、片手《かたて》を振《ふ》りながら走って、パスを要求する千尋の姿《すがた》が頭に浮《う》かんだ。樹が千尋にパスする。それを蹴《け》りながら、ゴールへ向かう千尋……。

――樹みたいに、千尋と仲良くなりたい……。

そうだ。今現在《いまげんざい》の光の夢《ゆめ》は、千尋と仲良くなることではないか！

光は、本の上に手をのせた。それから、目を閉《と》じて、まず一度、心の中で唱える。

――千尋と仲良くなりたい。

瞼《まぶた》の裏《うら》に、千尋のはじけるような笑顔《えがお》を思い浮かべる。その面影《おもかげ》が消えないうちに、もう一度、同じ言葉を繰《く》り返《かえ》す。さらにもう一度。

それから、本を布《ぬの》の袋《ふくろ》に入れて、ランドセルにしまった。こうしておけば、明日《あした》、本を忘《わす》れることもないだろう。何しろ、期日までに返さないと、災《わざわ》いがあるかもしれないのだから。

そう思って、ちょっと笑った。

――まさかね……。

ふっと一息はいてから、光はなぜだか急に出かけたくなった。それで、コットンの糸を使って編《あ》んだ、紺色《こんいろ》のポシェットを肩《かた》からかけて、外に出た。

最初の角を曲がり、十々年《ととね》公園《こうえん》のそばまで来たとき、誰《だれ》かが向こうから歩いてくるのが見えた。それが誰だかわかったとたん、

——嘘《うそ》だろ！

と、光は心の中で叫《さけ》んだ。急に心臓《しんぞう》がばくばく高鳴りはじめた。

こっちに歩いてくるのは、千尋だったのだ。

二人の距離《きょり》がだんだん近づいてきた。そして……。

「あ、たしか、嶋原くんだよね」

その瞬間《しゅんかん》、光は息が止まりそうになった。千尋のほうから、光に声をかけてきたのだ！

「あ、うん。藤野さん、だよね」

「うれしい、名前、覚えてくれてるんだ」

「そっちこそ。ぼくの名前、なんで知ってるの？」

「この間、嶋原くんとすれ違《ちが》ったとき、のぞみから聞いたんだ。嶋原くんって、料理やお菓子《かし》作《づく》りが得意で、手芸もできるんだよって、のぞみが言ってたから」

光は少し恥《は》ずかしくなった。男のくせに、なんて思われたりしないだろうか。でも、千尋にはばかにするようなそぶりはまったくない。それどころか、

「もしかして、そのポシェットも自分で編《あ》んだの？」

と、目を輝《かがや》かせる。

「あ、うん」

「すごいなあ。あたし、そういうの苦手だから、尊敬《そんけい》しちゃうよ」

笑顔《えがお》を向けられた光は、また胸《むね》がどくんと鳴った。これって、まさかだけれど、夢《ゆめ》がかなった？　いや、まだしゃべっただけだ。でも、どうしたら、もっと仲良くなれるだろう。

「あの、こんなんでよかったら、あげようか？」

「えっ？」

「うちにまだ、いくつもあるから。明日《あした》、持ってくよ。何色のがいい？」

「ほんと？　うれしい！　じゃあ、グリーン」

「わかった。それじゃあ、明日の朝、十々年公園のベンチで、待ち合わせするのはどうかな。学校で渡《わた》したりすると、なんか言われるかもしれないし」

「了解《りょうかい》！」

光は、うれしくて叫《さけ》びたくなった。そして、千尋と別れてから、跳《と》び上《あ》がって雄《お》たけびをあげた。

本当に、夢がかなったのだ！

家に帰ると、さっそくグリーンのポシェットを取り出して、C《シー》とF《エフ》の文字を刺繡《ししゅう》した。千尋のイニシャルだ。中にも何か入れておこうと思って、レース編《あ》みの小さな花のネックレスを入れた。前に、従姉《いとこ》にあげたら大好評《だいこうひょう》だったので、何本か作ったのだ。

それから、そうだ、クッキーを焼こう、と思って急いで準備《じゅんび》する。焼き上がったクッキーはグリーンのセロファンでラッピングして、ポシェットに入れた。クッキーは、サッカーボールをかたどったものだ。前にのぞみが作ったというのを、小耳にはさんだことがあるので、まねたのだ。


次の日。

待ち合わせの公園で光が待っていると、千尋の姿《すがた》が見えた。光に気がついた千尋は、手を振《ふ》りながら近づいてきた。カーキ色のクロップドパンツに、フレンチスリーブのカットソーがよく似合《にあ》っている。

「光くん！　おはよう」

えっ？　今、光くんっていった？　苗字《みょうじ》じゃなくて、名前で呼《よ》んでくれるなんて！　光は、思いきって、自分も名前で読んでみた。

「お、おはよう。千尋、さん」

すると千尋は、からっと笑った。

「千尋でいいよ」

「あ、うん。じゃあ、ぼくも、光で……。それから、これ。昨日、千尋の、イニシャル、入れてみたんだ」

「わあ、すごいね。ありがと！」

「あと、クッキーは、おまけ。けど、学校で、見つからないようにね」

「ガッテン承知《しょうち》！」

と、千尋はおどけた。こんなところも、いい。光はますます千尋のことが好きになった。

光は、この間、『世界の秘境を歩く』という本を借りた話をした。すると、千尋がすぐに声をはずませた。

「それ、あたしも読んだ！　同じ本読んだなんて、うれしいな」

「でも、まだ読みはじめたばかりで」

光はごまかすように言った。

「ねえ、光のランドセル、ずいぶんぱんぱんだね」

「あ、うん。今日じゅうに図書室に返さなくちゃいけない本が入ってるんだ。めっちゃ重くて厚《あつ》い本」

「へえ？　光、本が好きなんだね」

「そうでもないよ。たまに図書室には行くけど」

でも、図書室に行くのは、本を借りたり読んだりするためではない。もちろん、千尋を見るためだなんて、口がさけても言えないけれど。

「そんなに厚《あつ》い本借りたのに？」

「これは、ちょっと不思議な本なんだ」

「不思議？　不思議って、どんな？」

千尋が目を輝《かがや》かせて聞いた。

『夢かなえる本』っていうんだけど……」

「それがタイトル？　夢《ゆめ》をかなえるために、努力しなさいとか、書いてあるの？」

「違《ちが》うよ。借りた人の、夢をかなえてくれるんだよ」

「まさか」

「本当だよ。ぼくの夢、かなったから」

「光の夢って、なんだったの？」

「それは……人に話してはいけないことになっているんだ」

「ふーん。でも、ほんとに夢がかなうなら、あたしも願ってみたいなあ。あたし、行ってみたいところがあるんだよね」

「じゃあ、ぼくが返したあとで、借りてみる？」

「ほんと？　やったね！」

「昼休みに返しに行くから、図書室で待ってて」

「オッケー！」

昼休みに、光は布《ぬの》の袋《ふくろ》に入れた本を抱《だ》くようにして持って、図書室に行った。千尋はすでに来ていて、秘境探検《ひきょうたんけん》の本を見ながら、

「いいなあ。冒険家《ぼうけんか》って、憧《あこが》れる」

なんてつぶやいていた。肩《かた》には、光があげたポシェットをかけている。気に入ってくれたみたいだと思うと、つい、笑《え》みがこぼれてしまう。

光は、司書の先生を探《さが》したが、どこにも見当たらなかった。

——そういえば、あの本は、放課後、直接《ちょくせつ》返すように言われていたんだ。

「ごめん、千尋、放課後じゃないとだめみたいなんだ」

「そっか。けど、その本、ちょっとだけ見てみたいな」

「でも、借りてる間、人に見られないようにしないといけないんだ」

「なんで？」

「それが決まりらしくて」

「ちらっと見るくらい、いいんじゃないのかなあ。なんか、放課後まで待ちきれない」

大好きな千尋にそう言われると、光も、ちょっとくらいなら、と思いはじめた。それで、袋《ふくろ》から本を取り出すと、テーブルに置いた。

「うわ、重そうな本。っていうか、古本みたいだね」

千尋は本に手を伸《の》ばして、表紙を開いた。

「夢《ゆめ》かなえる本、使用心得《こころえ》？　へえ、おもしろいね。本に手を置いて……」

千尋は、本の上に手をのせると、何ごとか唱えた。

その瞬間《しゅんかん》。

急にまわりの景色がぐにゃりとゆがんで見えた。千尋が渦《うず》のようなものの中に、引《ひ》き込《こ》まれようとしている。

「千尋！」

光は、とっさに千尋の腕《うで》をつかんだ。

「わあー！　目が回る……」


どれくらい時間がたっただろうか。気がついたとき、光は大きな木の根元に倒《たお》れていた。上半身を起こしてあたりを見回す。深い森がどこまでも続いているようだった。

「ここは、どこだ……」

とつぶやいたとき、上のほうから声が降《ふ》ってきた。

「光、気がついた？　あたしたち、ジャングルの中にいるみたい」

千尋はなんと、木の上にいた。

「千尋……」

「見渡《みわた》す限《かぎ》り森の中。でも、細い道が見えたよ」

千尋は、えいっとかけ声をかけると、木の上から飛《と》び降《お》りて、光の前に立った。

「森？　ジャングルって？」

「すごいよ！　まるでアマゾンの秘境《ひきょう》みたいだよ」

こんな、わけのわからないことが起こっているのに、なんで千尋は楽しそうなんだ？

「ねえ、光。せっかくだから、探検《たんけん》に行こうよ！」

でも、光はすっかりびびってしまった。探検なんて、少しもしたいと思わなかった。

「ぼ、ぼくは、早く、帰りたいんだけど……午後の、授業《じゅぎょう》、あるし……」

「けど、学校なんてどこにも見えないし、ここにずっといたってしかたがないよ。あたしたち、どこかわからないジャングルにいるんだから」

「……」

「帰り道を探《さが》すためにも、動くほうがいいと思うんだ。だから道があれば、進むしかないでしょ。レッツゴー！」

と言うと、千尋は、軽《かろ》やかな足取りで歩き出した。

そんなことをいっても、と光は思ったが、どうしたらいいのか、何も考えが浮《う》かばなかったので、しかたなしに千尋の後をついていった。それにしても、いったい何が起こったのだろう。これは、本当に現実《げんじつ》なんだろうか。

森の中の道は緩《ゆる》やかにのぼっていた。足元に木の根が張《は》って、すぐにつまずきそうになる。歩きにくかった。見上げれば、高い樹木《じゅもく》の枝先《えださき》で、鳥が不気味な声で鳴いている。もっと恐《おそ》ろしい獣《けもの》もひそんでいるかもしれない。

それでも、千尋は、足取りも軽くずんずんと進んでいく。

ふいに、光は事情《じじょう》がのみ込《こ》めた。

——そうか、そういうことか。千尋の夢《ゆめ》は、たぶん、いや絶対《ぜったい》に、秘境探検《ひきょうたんけん》、なのだ。だから、ここがどこだかはわからないけれど、ぼくたちは、秘境に来てしまったってわけだ。でも……。

不思議なのは、なんで光までが、いっしょなのかということだ。秘境探検なんて、ぜんぜん興味《きょうみ》がないのに。とっさに千尋の腕《うで》をつかんでしまったからだろうか。

そんなことを考えながら歩いていると、木の根に足をとられて、転びそうになってしまった。

「大丈夫《だいじょうぶ》？　光」

「あ、うん」

さらに進んでいくと、切り立った断崖《だんがい》に出た。はるか下のほうできらきら光っているのは川なのだろう。太陽は、少し傾《かたむ》いて、斜《なな》めから日が差していた。

向こう側の大地との間に、吊《つ》り橋《ばし》がかけてあった。それは横長の板を並《なら》べてつなげてある橋だった。橋の幅《はば》は狭《せま》く、なんとも頼《たよ》りない。板と板の間にはけっこうすき間があって、断崖の下がまる見えだった。もしも足を踏《ふ》み外《はず》したら、真《ま》っ逆《さか》さまに落ちてしまうかもしれない。谷はとてつもなく深く、ちょっと下を見ただけで、足がすくんでしまう。

「千尋、危《あぶ》ないから、戻《もど》ろうよ」

「でも、見て」

と、前を歩いていた千尋が振《ふ》り向《む》いて、光の背後《はいご》を指さす。光がその指先を見ると、今まで歩いてきた道が、森にのみ込《こ》まれるように消えていた。

進むしかなさそうだ。

「うわっ、高いなあ。絶景《ぜっけい》っていうか、すっごい！」

声をはずませて言うと、楽しそうに橋に向かって歩いていく。

千尋が吊り橋《ばし》の板に一歩踏《ふ》み出《だ》したとたんに、足元がゆらゆらと揺《ゆ》れる。左右に張《は》られた手すり代わりの綱《つな》をしっかりにぎっていても怖《こわ》くて、光は一歩も進めなくなってしまった。

「光、手を引いてあげる」

千尋は笑顔《えがお》で言うと、手を伸《の》ばして、光の手をつかんだ。

「でも……」

「恥《は》ずかしくなんかないよ。誰《だれ》も見てないから」

手をつないでもらっても、やっぱり橋を渡《わた》るのは怖かった。ただ、千尋の手が温かくて、なんだか自分が守られているみたいな気がした。

一歩一歩進むたびに、橋が揺れる。

「光、下を見ないほうがいいよ」

でも、下を見ないと足を踏み外してしまいそうで、そのほうがもっと怖かった。

やっとのことで橋を渡りきった光は、その場にしゃがみ込《こ》んでしまった。しかし、ほっとしたのもつかの間、渡った先には、砂漠《さばく》のような砂地《すなち》がどこまでも広がっていた。高い位置にある太陽が、砂の上に短い影《かげ》を作っているが、強い日差しを遮《さえぎ》るものはなかった。

奇妙《きみょう》な場所だと思いながら、後ろを振《ふ》り返《かえ》ると、今渡ったばかりの吊り橋が消えていた。こんな場所、ありえない。もしかしたら、ここは現実《げんじつ》の世界ではないのかもしれない。

だからといって、夢《ゆめ》だとも思えなかった。光の足は、森を歩いたときにあちこちぶつけて擦《す》り傷《きず》だらけだし、手のひらは、吊《つ》り橋《ばし》の綱《つな》が食《く》い込《こ》んだためか、赤く腫《は》れてひりひりと痛《いた》い。それに、もう足を動かすのがいやだと思うほどに、疲《つか》れていた。のどもかわいていたし、お腹《なか》も空《す》いていた。

昼休みに給食を食べたのが、遠い昔みたいな気がする。

「少し、休もうか」

千尋が言って、二人はその場に座《すわ》った。ところが……。

「だめ！」

千尋は急に立ち上がると、光の手を思いきり引いた。

「砂《すな》が流れてる！」

見ると、たった今座っていた場所に、漏斗《じょうご》のような形の穴《あな》があいて、渦《うず》を巻《ま》きながら砂が流れていた。

「離《はな》れて！　引き込まれるから！」

千尋がそう叫んで、光を引っ張った。砂に足をとられそうになりながらも、二人で必死に走った。

砂地をようやく抜《ぬ》けたとき、光は妙《みょう》なことに気がついた。

「ねえ、千尋。ここはいったいどこなんだろう」

「それが、わかればねえ。ジャングルにいたときは、アマゾンみたいなとこかな、って思ったけど……」

「そういうことじゃないんだ。ぼくたち、もうずいぶんさまよっているのに、太陽の位置が、ほとんど変わらないんだ」

「えっ？」

「時間が動いてない気がする」

「でも、時間が止まったら、すべて止まるんじゃないの？」

「うん。だから、なんていうのか……時間が戻《もど》ってしまうというか……さっき、吊《つ》り橋《ばし》のところではだいぶ傾《かたむ》いていた太陽が、また高い位置に、戻っている」

「なんかすごいところに迷《まよ》い込《こ》んじゃったね」

千尋はそう言いながらも、なんだかまだ楽しんでいるみたいに見えた。呑気《のんき》すぎるとちょっとむかっとしたけれど、けんかはできない。まわりにはまったく人けがない。ここにいるのは、千尋とたった二人だけなのだ。

「ぼくたちの時間は、進んでる。だって、ほら。傷《きず》は消えないし……お腹《なか》、空《す》いてない？」

そのとたんに、きゅるると、千尋のお腹が鳴った。

「そうだ！」

千尋がポシェットをさぐる。そして、中から何か取り出した。にこっと笑って見せたのは、クッキーだった。

「これ、一枚《まい》ずつ食べようよ。残りはとっておこうね」

千尋は、ラッピングをほどいてクッキーを取り出すと、光の手にも一枚のせた。

「ありがとう」

「って、もともと光からもらったものじゃん。すごいね。サッカーボールなんだ。うれしいなあ。光って、ほんとに気配り男子だよね」

クッキーはふだんの何倍もおいしく感じた。でも、空腹《くうふく》が満たされたわけではない。口の中の甘《あま》みが長く残るようにゆっくり舌《した》でなめながら、砂漠《さばく》を進む。何度か転びそうになって、千尋に支《ささ》えてもらった。太陽がじりじりと照りつけて、だらだらと汗《あせ》が流れる。水を飲みたい。のどがからからだ。

砂《すな》に足をとられながら、どれくらい歩いただろう。ふいに視界《しかい》がふさがれた。

「うわぁ、今度は山？　無理だよ、こんなとがった山に登るのなんて」

思わず悲鳴が出た。まったく、なんでこんな目にあうのだろう。いくら好きな子の夢《ゆめ》だからといって……。

「光、見て。洞窟《どうくつ》がある」

千尋が手を引《ひ》っ張《ぱ》る。暗い洞窟に入ったとたん、空気が一変した。今度はひんやりして寒いくらいで、一気に汗《あせ》が引いた。

千尋はポケットからハンカチを取り出すと、岩のすき間に当てた。

「何してるの？」

「湧《わ》き水《みず》、吸《す》い取《と》ってる。ちょろちょろ流れてるだけで、手ではすくえないけど、布《ぬの》に浸《ひた》せばいいかなって」

そうして、びしょびしょになったハンカチを、光に渡《わた》す。

「絞《しぼ》って、水飲んで」

「あ、ありがとう」

変な世界に紛《まぎ》れ込《こ》んだことを恨《うら》めしく思っていたのに、光は感激《かんげき》した。自分が飲むより先にくれた。千尋って、強いだけじゃなくて、やさしい子だ。

それから、何度もハンカチを岩のすき間におし当てて、水を飲んだ。

洞窟の中は真っ暗だったが、千尋がポケットからペンライトを取り出した。

「いつも、持ってるの？」

「うん。真っ暗なところに閉《と》じ込《こ》められたときのために」

って、普通《ふつう》、そんなことは考えないよな、とは突《つ》っ込《こ》まないでおいた。現《げん》に今、役に立っているのだから。

暗がりの洞窟《どうくつ》を一歩一歩進んでいく。ウォーン、ウォーンという不気味な音がする。

「何かいるのかな」

得体のしれない獣《けもの》がいたらどうしよう、と思った。

「大丈夫《だいじょうぶ》だよ！　何かの音が反響《はんきょう》しているだけだから」

明るい声で、千尋が言った。すると、光の気持ちも少し落ち着いた。

どれくらい歩いただろうか。ずっと先に、ぼんやりとした灯《あか》りが見えてきた。

「なんだろう」

「行ってみよう。出口かもしれないよ」

灯りはだんだん大きくなってきた。光たちは、灯りのほうをめざして歩いた。

その灯りは、ドアから漏《も》れているようだった。洞窟の先に、家があるのだろうか。

二人は洞窟を抜《ぬ》けた。ドアは、洞窟の出口の三メートルくらい先にあって、出口との間には通路があった。通路の右手側はもやっと霧《きり》がかかったようになって何も見えない。左手にだけ、薄暗《うすぐら》い通路が続いていた。

「あのドア、なんか見覚えがあるんだけど」

光がつぶやいた。それは上半分がガラス窓《まど》の引き戸で、ドアの左側は壁《かべ》だった。

「ねえ、うちの学校の図書室に、似《に》てない？」

千尋が言った。言われてみると、この通路も図書室の外の廊下《ろうか》に似ている気がする。

光より先に、千尋がすたすたとドアに近づいていって、ガラス窓から中をのぞいた。

「女の人がいる。ねえ、光、ちょっと見てよ」

千尋に促《うなが》されて、光も中を見た。

「司書の先生だ！」

なんと、ドアの向こうにいたのは、あの髪《かみ》の長い司書の先生だったのだ。ドアの先は、やはり図書室のようだった。光は、ドアを横に引いた。けれども、鍵《かぎ》がかかっているのか、ドアはびくともしなかった。

「先生、先生！　ここを開けてください」

近づいてきた先生は、ドアのガラス越《ご》しに顔を見せた。そして、

「夢《ゆめ》の途中《とちゅう》ですねえ」

と、なぞの言葉をつぶやいた。

「先生、ぼくたち、図書室に戻《もど》りたいんです」

すると先生は、表情《ひょうじょう》を変えずに、冷ややかな声で言った。

「『夢かなえる本』は、返却《へんきゃく》されないうちは、次の夢《ゆめ》を願ったりできないものでしたのに。今どきの子どもときたら、本当に困《こま》ったものです。簡単《かんたん》な約束さえ守れないのですから」

「ごめんなさい。ぼくが悪かったんです。でも、開けてくれませんか。お腹《なか》も空《す》いてきたし」

「もともと、夢をかなえるのは、ひとりずつです。ひとりだけなら、なんとか通してあげられますよ」

ひとりだけ？　光と千尋は顔を見合わせた。少しの間、そうしていたが、千尋が決心したように言った。

「光。先に帰っていいよ。あたしなら大丈夫《だいじょうぶ》だから。光のほうが、疲《つか》れてるみたいだし」

千尋の言葉に、光の心は揺《ゆ》れた。秘境探検《ひきょうたんけん》なんて、自分の夢でもなんでもないのだ。このドアの向こうに、帰りたい、と思った。

でも……。こんな奇妙《きみょう》な世界に、千尋をひとり、残してしまっていいのだろうか。

「先生、ぼくたち、いっしょに戻《もど》りたいんです」

「それは無理なのです。早くお決めなさい。ひとつところに留《とど》まっていると、景色にのみ込《こ》まれてしまいますからね。ほら、洞窟《どうくつ》が消えかかってますよ」

先生が指さすほうを振《ふ》り返《かえ》ると、今しがた歩いてきた真っ暗な洞窟がふさがれて、ただのとがった山に変わっていた。

「光、とにかく一度、ここから離《はな》れたほうがいいかもしれない」

「そうだね。もしかしたら、ほかに、出口があるかもしれないし」

「じゃあ、行こう！」

千尋は元気よく言うと、光の手を引いて通路をかけ出した。

少し走ってからそっと振《ふ》り返《かえ》ると、灯《あか》りは消えていた。

とにかく進むしかない。そう思って、どれくらい走っただろうか。

ふとあたりを見ると、光と千尋は、森の中にいた。その森は、最初に図書室から飛ばされてきた場所にとてもよく似《に》ていた。首をかしげながらも先に進むと、吊《つ》り橋《ばし》が見えてきた。

「ええ？　また、吊り橋？」

その吊り橋は前に渡《わた》ったものと見た感じがそっくりだった。光は、また吊り橋を渡るのかと思うとげんなりした。

「光！　手をつなごう」

千尋がにっこり笑って手を差し出す。なんと頼《たの》もしいのだろう。

ところが、一歩橋に踏《ふ》み出《だ》したとたん、さすがの千尋も、笑顔《えがお》を引《ひ》っ込《こ》めた。

「うわぁ、バージョンアップしてる！」

見た目はそっくりなのに、さっきより揺《ゆ》れるし、板と板の間が広がっている気がする。それに、左右に張《は》られている手すり代わりの綱《つな》が、なんだか切れかかっているようなのだ。それでも、千尋は光の手をしっかりにぎって、一歩一歩慎重《しんちょう》に進んでいく。

怖《こわ》いのにうれしい。うれしいのに怖い。二つの相反《あいはん》する気持ちを行ったり来たりしながらも、光は、こんなふうに誰《だれ》かに守ってもらっている感じが、好きなのかもしれないと思った。

吊り橋《ばし》をなんとか渡《わた》ると、またしても砂漠《さばく》が現《あらわ》れた。太陽の位置はあいかわらず高くて、じりじりと肌《はだ》を焼かれる。砂地《すなち》は前のときよりも歩きにくくて、一歩進むたびに、ずぶずぶと足が沈《しず》んでいく。

「光！　危《あぶ》ない！　蠍《さそり》だ！」

いきなり、千尋に強く手を引っ張られた。二人は転びそうになりながら、必死に走った。光は振《ふ》り返《かえ》ることができなかった。

砂地をようやく通《とお》り抜《ぬ》けたときは、足が棒《ぼう》のようになっていた。その場に倒《たお》れ込《こ》んだ光は、小さなセロファンを見つけた。

「千尋、ぼくたち、やっぱり同じ場所をめぐっているみたいだ」

光は、クッキーを包んでいたセロファンの切れはしを拾い上げて、千尋に見せた。

「ということは、次には、あの洞窟《どうくつ》？」

「見て、山だよ。洞窟《どうくつ》も見える」

「進むしかない、か」

洞窟に入ってからは、また千尋がペンライトをつけた。確《たし》かに同じ場所だと思うのに、足元がさっきよりも悪い気がする。それでも、必死に進むと、またぼんやりと灯《あか》りが見えた。

「図書室だ……」

ガラス窓《まど》ごしに、司書の先生が近づいてくるのが見えた。先生は、無表情のまま、

「通れるのはひとりだけですよ」

と言った。

「光、帰りなよ」

「そんなことできないよ。行こう」

「けど、永久《えいきゅう》に出られないかもしれない。やっぱり同じところ、めぐってるみたいだし」

光は、強引《ごういん》に千尋の手を引いた。自分だけ帰るなんてできない。かといって、千尋だけ帰れ、と言うだけの勇気もなかった。

——ぼくは、意気地《いくじ》なしなのかな……。

二人はまた森に出た。

「少し休もう」

森の中に座《すわ》って、残りのクッキーを食べた。食べながら、光は吊り橋《つばし》のことを考えていた。なんといっても、あの吊り橋がいちばん怖《こわ》かったのだ。それに二回目に通ったとき、橋の真ん中あたりで、右側の綱《つな》が切れそうだった気がする。もしも、途中《とちゅう》で切れたら……。一度そんなことを想像《そうぞう》してしまうと、すべての考えが、悪いほうへ悪いほうへと向かう。千尋が帰れ、と言ったのだから、帰ればよかった……。

「光、大丈夫《だいじょうぶ》？」

「……うん。そろそろ、行こうか」

今度も、千尋を前にして手をつないで進む。吊り橋はぎしぎしと揺《ゆ》れたが、綱をつかみながら慎重《しんちょう》に進んだ。いちばん切れそうなところをやり過《す》ごしてほっとしたとき、ぐらっとして片足《かたあし》を踏《ふ》み外《はず》してしまった。その瞬間《しゅんかん》、橋が激《はげ》しく左右に揺れて、綱がみしみしっと音をたてた。

「うわっ！　切れる！」

「大丈夫！　左の綱、しっかりにぎって！」

千尋の声が飛んできた。その声で光は少し落ち着いた。確《たし》かに足元の板はしっかりつながっている。

それからは、左側の綱にしがみつくようにしながら、一歩一歩慎重に進んだ。そして、二人はなんとか橋を渡《わた》りきった。そのとたん、右側の綱《つな》が切れて、橋の板が波打つように揺《ゆ》れた。

それを見ながら、千尋が笑った。

「光も、すっかり冒険家《ぼうけんか》だね！　あたしたち、冒険の仲間だよね」

光は、足ががくがくしているのを、必死にごまかしながら、笑顔《えがお》を返した。

橋を渡りきったあとは、灼熱《しゃくねつ》の砂漠《さばく》が待ちかまえていた。太陽はますますぎらぎらと照りつけている。もうこれ以上、ごめんだ、と光は思った。

司書の先生は、ひとりなら入れてくれると言った。やっぱり、どっちかひとりが先に戻《もど》ったほうがいいのかもしれない。自分がもとの世界に戻ったら、千尋をここから救うてだてが見つかるんじゃないだろうか。と、そんなことを考えていたら、

「ねえ、光。今度図書室についたら、先に帰っていいよ」

と、千尋が言った。光は思わず、どきりとした。自分がひとりだけ逃《に》げようとしているのだと、見透《みす》かされたような気がした。小さく首を振《ふ》る。卑怯者《ひきょうもの》にはなりたくない……。

「ぼくたちは、いっしょだ。だって、冒険の仲間なんでしょ」

千尋は、にっこり笑った。けれど、その笑顔はどこか力がなかった。砂漠を歩くとき、千尋は一言も口をきかなかった。そして、今までずっと、光より前を歩いていた千尋が、遅《おく》れがちになる。

「千尋、大丈夫《だいじょうぶ》?」

「大丈夫だよ。光に言われたくないよ」

と、笑って前を歩こうとするが、すぐに遅《おく》れてしまうのだ。しかも、息が荒《あら》い。

「くそっ! 太陽め、がんがん照りつけやがって!」

それでも必死に歩いて砂漠《さばく》を抜《ぬ》け、洞窟《どうくつ》の前についたときには、二人ともその場にへたり込《こ》んでしまった。

「行こう。行くしかない」

光が先に立ち上がる。

「そうだね」

力なく千尋が言って、のっそりと立ち上がった。その動作には、千尋らしさがなかった。

千尋がポケットから、ペンライトを出す。ところが……。

「やばい、電池切れ……」

灯《あか》りがまったくない? あの足元の悪い洞窟をどうやって進んだらいいのだろう。それに、もしも二人が離《はな》ればなれになったら……。

「そうだ、千尋、ポシェットに、レース編《あ》みのネックレス、入ってるでしょ」

「え?」

「クッキーといっしょに、入れておいたんだけど」

千尋がポシェットをさぐった。

「あ、これ？　きれいだね」

「それで、ぼくたちの手首を結ぼう。真っ暗な中で、はぐれないように。手をつないでるだけだと、なんかの拍子《ひょうし》に離《はな》れてしまうかもしれないだろ」

「うん」

光はまず千尋の手首に二重にからめてから、自分の手首にも巻《ま》きつけた。そのうえで、しっかりと手をつないで、一歩一歩、真っ暗な洞窟《どうくつ》を進んでいった。前を歩くのは光だった。勝ち気なところのある千尋が先をゆずるとは、よほど疲《つか》れているのだろうか。でも、すぐに光はそうではないことに気がついた。

つないでいる千尋の手が熱かったのだ。もしかしたら、千尋は熱があるんじゃないだろうか。もともと光より体力がある千尋なのに、すぐに息があがってしまうし、かすかに感じる脈も速い気がする。

もしも、千尋が病気だったら、これ以上、動くのは無理だ。光はひそかに、千尋を先に帰そうと決心した。

遠くのほうにまた小さな灯《あか》りが見えてきた。図書室の灯りだ。そのとき、

「あっ！」

と、千尋が悲鳴をあげた。同時に、ネックレスが後ろのほうに引《ひ》っ張《ぱ》られた。

「千尋！　どうした？」

「ごめん」

光は、ネックレスを引きよせて、千尋の腕《うで》をつかんだ。それから、一歩一歩、なるべくゆっくりと進んだが、千尋は、ついてくるのがやっとのようだった。

それでも、ようやく二人は洞窟《どうくつ》を抜《ぬ》けた。そのとたん、千尋は、その場にくずれるように倒《たお》れてしまった。

「千尋！」

司書の先生が近づいてきて、ガラス戸越《とご》しに言った。

「どうかしましたか」

「先生、千尋が、病気なんです」

「それは大変ですね。でも、ここはひとりしか通してあげられないのですよ」

「わかってます。だから千尋を帰してあげて！　熱があるんです」

思わず大声で叫《さけ》んだ。すると、後ろから光の手をつかんだ千尋が叫んだ。

「だめ！　光を残して、帰れるわけ、ない」

「どっちにするかは、二人で決めなさい」

司書の先生が言った。

光はそっと千尋の額《ひたい》に手を当てた。かなり熱かった。いやな汗《あせ》もかいているようだ。

「先生、早く、千尋を戻《もど》してください！」

「違《ちが》う……帰るのは、光……」

声を絞《しぼ》り出《だ》すようにして言った千尋は、そのますーっと意識《いしき》を失ってしまった。

「千尋！　しっかりして！　千尋」

光は、ガラス戸をはさんで先生と向き合った。

「お願いです！　千尋を助けて！」

「やれやれ、お互《たが》いかばい合って、たいしたものですね。ちょっと感動しました」

「…………」

「いいですか。よくお聞きなさい。ひとつだけ、二人とも戻ってこられる方法があります」

「ほんとですか？　どんな方法なんですか」

「簡単《かんたん》なことですよ。本に願ったことをリセットするんです」

「リセット？」

「ここでの出来事はすべて、忘《わす》れることになります」

吊り橋《ばし》、砂漠《さばく》、洞窟《どうくつ》……つらかった。でも、千尋といられてうれしかった。この出来事を、自分も千尋もすっかり忘れてしまうのはすごく寂《さび》しい。

それでも、帰るためなら、しかたがない。

「千尋さんは、秘境探検《ひきょうたんけん》という夢《ゆめ》を永遠《えいえん》に失うことになるでしょう」

「……ぼくは？」

「嶋原くんがかなえてほしかった夢は、なんですか？」

「それは……」

千尋と仲良くなること、だ。

「かなえたい夢は完全に消滅《しょうめつ》します」

「つまりそれは、ぼくは、千尋と仲良くなれないってことですね」

こんなに仲良くなれたのに。光は、千尋の夢に入《はい》り込《こ》んだおかげで、千尋のことが前よりもっと好きになった。前は、ただ憧《あこが》れていただけだ。でも、いっしょに大変な思いをしながら、千尋が本当にやさしくて強い子だということもわかった。その千尋と仲良くなることは、二度とできない。そう思うと胸《むね》が苦しくなった。

「それでも、いいです。もとの世界に戻《もど》るためなら……」

だって、千尋の病気をほうってはおけない。あの我慢強《がまんづよ》い千尋が気を失うくらい、具合が悪いのだから……。

千尋のことは、これからはそっと見守ればいい。心の中でだけ、応援《おうえん》すればいい。つらいけれど、それでいい。

「それだけではありません。約束を守らなかったのは嶋原くんでしょう。だから、嶋原くんの記憶《きおく》を差し出してもらうことになります」

「記憶を、差し出す？　それ、どういうことですか」

「もとの世界に戻ったら、嶋原くんは、千尋さんのことが好きだという気持ちも失います」

「えっ？」

「でもまあ、最初から好きではなかったことになるのですから、どうってこともないでしょう」

先生は、冷ややかに言った。

それは、そうなのかもしれない。最初から、好きじゃなかったと思えば、つらくないかもしれない。でも……。今、こんなに好きなのに？

光は今、千尋のために戻《もど》ろうとしている。けれど、戻ったら、千尋のためにとさえ、思うことができなくなる。それはどういうことなのだろう。

好きな人に思われないことは悲しい。でも、忘《わす》れてしまうことは、もっと悲しい。

――いやだ。ぼくは、忘れたくない。たとえ、ずっと片思《かたおも》いだって、千尋を好きだという気持ちを失いたくはない……。

「……光、帰って……」

うっすらと目を開けて、千尋が言った。あんな元気だったのに、なんて弱々しい声なんだろう。これ以上、ここにはいられない。千尋だけじゃない。光だって、身体《からだ》が疲《つか》れきって、もう限界《げんかい》だ。

「わかりました。記憶《きおく》を、差し出します」

「よろしいでしょう。では、ひとりずつ入っていらっしゃい」

いくぶんやさしい声で、先生が言った。そして、ふいにドアが開いた。光は、千尋を助け起こして、先に行かせた。次は光の番だ。光はぐっと唇《くちびる》をかんだ。

忘れたくない。

たとえ記憶を差し出しても、強く強く念じたら、いつか記憶が取りもどせるんじゃないだろうか。そんな気持ちで、光はちらっと先生を見た。そのとき、先生は小さくうなずいたようだった。気のせいだったかもしれないけれど。

それでも光は、一筋《ひとすじ》の希望を抱《いだ》いて、何度も何度も、千尋の名を心に刻《きざ》みつけるように繰《く》り返《かえ》しながら、ドアをすり抜《ぬ》けた。

——千尋、千尋、千尋……。

＊　＊　＊

図書室の窓《まど》が開いていた。校庭では、隣《となり》のクラスの子たちがサッカーをやっている。——誰《だれ》が窓を開けっ放しになんかしたんだろう、冷房《れいぼう》がきいているのに。

本を読んでいた光は、眉《まゆ》をひそめながら窓を閉《し》めた。それから、そろそろ帰ろうかと思って立ち上がる。読んでいたのは、『世界の秘境を歩く』という本だった。自分がなんでそんな本を借りたのか、覚えはなかった。でも、読みはじめたら案外おもしろかったのだ。

続きはまた家で読んで、明日《あした》はほかの本を借りようかな、と思いながら、光は図書室を出た。自分で冒険《ぼうけん》がしたいとは思わないけれど、本で読むぶんには、冒険ものってけっこうおもしろいのだ。

外に出ると、校庭のサッカーゴールのそばで、サッカーをやっていた子たちが固まってしゃべっていた。なかにひとりだけ女子が交じっていた。いかにも人目を引きそうな、活発そうな子だけれど、同じクラスになったことがないから、よく知らない。たしか、藤野という苗字《みょうじ》だけれど、名前まではわからない。

「千尋、中学でもサッカーやるのか?」

と聞いたのは小山樹。

千尋?

光は、かすかに眉《まゆ》を寄《よ》せる。なんだか、その名前、最近どこかで口にしたような……。

「もちろん! だって、あたしの夢《ゆめ》は、女子サッカーでオリンピックに出ることだもん」

そばを通るとき、千尋と目が合った。光はなぜだか、妙《みょう》に懐《なつ》かしい気がした。知らない子なのに。

ふと千尋が、光が手にしていた本に目をとめた。

「あれ? その本、あたしも読んだよ」

千尋は、そう言って笑った。そのとき、何か言わなくてはならないような気がして、光は思わず振《ふ》り返《かえ》った。けれど、千尋はもう仲間と楽しそうにサッカーの話をしていて、声をかけることはできなかった。

少し歩いてから、もう一度、光は振り返った。しかし、すぐに顔を戻《もど》すと、正門に向かって歩いていった。

九月のサルは夢《ゆめ》をみた

菅野雪虫

あいつら「エイプ」だ。

Wiki《ウィキ》ではしっぽの短い猿《さる》、あるいは猿と人間の間の類人猿《るいじんえん》だけど、いちばん現《げん》のイメージに近いのは、映画《えいが》の『猿《さる》の惑星《わくせい》・創世紀《ジェネシス》』に出てくる未来の猿たちだ。リーダーのシーザーのおかげで、今のサルより少しは賢《かしこ》くなってるけど、結局サルはサルだ。

「おーい、大槻《おおつき》。今日、翔太《しょうた》んちでゲームしね？」

終業のチャイムと同時に、優斗《ゆうと》が声をかけてきた。

「あ、わりい。おれ、今日ムリ」

「なんで？　塾《じゅく》？」

塾なんて行ってない。まあ、そうカン違《ちが》いされて当然の成績《せいせき》だけど——と思いつつ、現はいかにも残念そうに答えた。

「今日は新しい本棚届《ほんだなとど》くから、組み立て手伝わなきゃなんないんだ。母さんがひとりじゃ組み立てられないって言うからさ」

断《ことわ》り方《かた》として完璧《かんぺき》だ。家のことじゃしょうがないなって、誰《だれ》でも思う。かといって親の言いなりじゃない。自分から親を手伝ってるんだというアピールも忘《わす》れない。

「あー、そっか。引《ひ》っ越《こ》してきたばっかだもんな」

「ばっか」って、八月末に引っ越してきてから、もう一か月もたってるけどな。現は頭の中でつぶやいた。本当は、翔太の家にはあまり好みのゲームがないうえに、幼稚園児《ようちえんじ》の弟がうるさいから行きたくないのだ。でも、転校生《ヨソモノ》の立場でそんなことは言えない。

家の中が一か月たっても片付《かたづ》いてないのは確《たし》かだが、本棚《ほんだな》というかマガジンラックは先週末に届《とど》いて、とっくに組み立て終わっていた。クリニックの待合室用だった。

歯医者である父が、この町の廃業《はいぎょう》した歯科クリニックを買い取り、リフォームして開業することになって、現の家族は、隣《となり》の市から引っ越してきた。引っ越し後の整理は、生活する場より九月一日に開業するクリニックのほうを優先的《ゆうせんてき》に進めたので、家の中にはまだ、段《だん》ボール箱《ばこ》があちこちに放置されている。母もクリニックを手伝っているので、片付けは進まず、

「まったく、古い家だからやんなっちゃうわ」

としきりに言う。母はクリニックも家も本当は新築《しんちく》がよかったのだが、現の家にそんな金銭《きんせん》的《てき》な余裕《よゆう》はなかった。

母と違《ちが》って、現は今の家をわりと気に入っている。特に、庭のすみに建てられたプレハブの離《はな》れは、なかなかいい。母は「古いから壊《こわ》しましょうよ」と言ったけれど、父は「書庫にすれ

ばいい」と言って、本と古いデスクトップのパソコンを運《はこ》び込《こ》んだ。その離《はな》れのスチールの本《ほん》棚《だな》とパソコンとのすき間に寝転《ねころ》がるのが、現は好きだった。ここでなら、母がシンナーのにおいを嫌《いや》がるプラモ作りも思《おも》う存分《ぞんぶん》できる。

この場所は、クラスの奴《やつ》らなんかには絶対《ぜったい》に教えない。教えたら、たちまちゲームやマンガを持って入りびたるだろう。自分だけの空間が荒《あ》らされるのは目に見えている。絶対に秘密《ひみつ》だ。

「じゃあなー」

現は紺色《こんいろ》のランドセルを背負《せお》って五年一組のクラスを出た。

(今日は図書室が開いてる日だな。ちょっと寄《よ》ってみるか)

前の町でやっていた水泳もピアノも、引《ひ》っ越《こ》しを機にやめてしまったから放課後はヒマだ。クラスにはいちおうなじんでいるが、放課後まで遊びたいほどの友達はいない。それは、一学期まで通っていた前の学校でも同じだった。一、二年生のときはまだいっしょに遊ぶ友達もいたが、現が今どき極少数派《ごくしょうすうは》のプラモデル作りにはまってから、ぐんと少なくなった。プラモ、それもガンプラじゃなくて、宇宙船《うちゅうせん》なんて作るのは、エイプに支配《しはい》された地球で生き残った人間くらい少数派だ。さらに下の兄が、入ったばかりの私立《しりつ》中学を不登校になってからは、

「現の兄ちゃん、いつも家にいるけど病気?」

なんて聞かれるのもうっとうしかった。

まったく、あんなに苦労して入ってなんなんだ。受験のときは、現だってそうとう気をつかったものだ。でも、今思えばあんなピリピリした空気も、上の兄のときとは違《ちが》っていた。親も本人も、上が入れたんだから下もいけると思《おも》い込《こ》んでいた。入試の結果としてはいちおうそうだったけれど、無理して無理して、ぎりぎりの精神状態《せいしんじょうたい》で難関校《なんかんこう》に入って半年、まわりとの差に気づいて、下の兄は動けなくなってしまった。朝、学校に行こうとしても起きられなくなったのだ。

（でも、おれには関係ない）

あの、一年前の騒《さわ》ぎは思い出したくもない。「やろうと思えばできる」、「できるはずだ」と言う親、「なんでできないんだ」と言う上の兄、「最初からできなかったんだよ」と言う下の兄――金切り声、怒鳴《どな》り声《ごえ》、泣き声に、頭がおかしくなりそうだった。

（ひとりのほうがいい）

現は家族から距離《きょり》をおいた。もともとひとりでいるのは平気だった。四つと三つ上の兄二人と年が離《はな》れていたせいもあるし、ひとりで本を読んだり自分で何かを作ったりするのが好きだった。

「末っ子は甘《あま》えん坊《ぼう》だってみんな言うけど、ウチでは現がいちばん手がかからないわね」

ずっと母にもそう言われてきた。

（あたりまえだ）

親は必ず見返りを求める。「〇〇してやったのに」と言われないためには、なるべく手をかけさせない。勉強も学校のことも親には相談しない。自分のことは自分でやるんだ。

この小学校では、五、六年生のクラスが四階にあり、図書室は二階の角だ。階段《かいだん》までの廊下《ろうか》をゆっくり歩きつつ、現は六年生のクラスを盗《ぬす》み見《み》た。

（やっぱりいないいな）

たいしてかわいい子も、きれいな子もいない、まして「あの子」のような女の子は。「あの子」はどうやら、この学校の五年生でも六年生でもないらしい。

（どこにいるんだろう？　絶対《ぜったい》、学区は同じはずなのに）

現が、「あの子」を見たのは、新しい家から車で五分くらいの場所にある、小さな西洋料理店〈ビストロ苑田《そのだ》〉のカウンターだった。外国の蚤《のみ》の市《いち》で買いつけたようなアンティークの写真立てに入っていたから、最初は古い絵ハガキかと思った。でも日付は、前の年の夏だった。白っぽいワンピースを着た、腰《こし》まである長い髪《かみ》の横顔。タイトルは見えないけれど、何か分厚《ぶあつ》い本を読んでいた。常連客《じょうれんきゃく》の話から、それは店のシェフの娘《むすめ》らしいということがわかった。

（この店の子ってことは、同じ小学校のはずだ）

現はそう考えると、なんとなくうれしいような落ち着かないような気持ちになった。しかし、たった二つしかない五年生のクラスに、「あの子」はいなかった。

（六年生なのかな？）

大人びた横顔は年下には見えなかった。絶対《ぜったい》同じ年か年上だと思ったが、六年生にもそれらしい女の子はいなかった。ひょっとして、この学区から私立《しりつ》の小学校に通っているのかもしれない。そうなると、〈ビストロ苑田〉に行ったときくらいしか会える可能性《かのうせい》はない。

さいわい〈ビストロ苑田〉は、母のお気に入りだった。初めて行った日に、現といっしょにランチを食べた母はうれしそうに言ったのだ。

「この内容《ないよう》でこのお値段《ねだん》なんて良心的ね。家の近くに、こんなお店があってよかったわ」

現もそう思った。明るすぎて、ひっきりなしにJ《ジェー》ポップがかかっているファミレスは苦手だった。この店は夏の木陰《こかげ》のように、ほどよく薄暗《うすぐら》いが、料理が見えにくいほどではない。これは視力《しりょく》が〇・二の現にはありがたかった。ときどき間接照明《かんせつしょうめい》とかいって、やたら薄暗い店があるが、あれじゃ料理も見えにくいし、本も読めやしない。本を読めないと、料理が来るまですることがないのだ。家族同士の会話は、学校よりも神経《しんけい》を使う。

デリケートな立場にある下の兄にも気をつかうが、「おまえはおれと同じところに来るんだろ？　おまえなら大丈夫《だいじょうぶ》だ」と決めつける上の兄の言い方も嫌《いや》だった。だいたい男だけの学校に、中高六年間なんて行きたくもない。ほんの少し前までは、女子がいないのもいいかと思っていたが、「あの子」の写真を見てから気が変わった。

下の兄が不登校になって一年近く、どう説得しても、同じ学校での復学《ふくがく》は無理だと判断《はんだん》した両親は、評判《ひょうばん》のいいフリースクールのあるこの町に引《ひ》っ越《こ》してきた。もともと両親は、数年前からクリニックを開くために、近隣《きんりん》の物件《ぶっけん》を探《さが》してきた。この町に決めたのは、そのフリースクールに通える距離《きょり》だということも大きいが、両親は人に話すときに、決してそのことを言わない。それは自分たちの子育てが失敗だったと認《みと》めることになると思っているからだ。あくまで、「クリニックを開くための場所を探していて、いい物件があった町にいいフリースクールがあった」と、他人には話している。

欺瞞《ぎまん》だ、と現は思う。兄はどうやら、いじめに近いこともあったらしいが、

(べつにいじめにあったたって、子育てとは関係ないじゃないか)

と思う。いじめにあうのは割合《わりあい》の問題なのだ。さかなクンも言ってた。

「水槽《すいそう》の群《む》れの中で、いじめられている魚を取《と》り除《のぞ》くと、また別の魚がいじめられるようになるんですよ。ギョギョ！」

ハコフグの帽子《ぼうし》はヘンだけど、言ってることはマトモだ。学校は水槽と同じだ。狭《せま》いところに、同じ種類の同じくらいの大きさの魚をぶち込《こ》んでたら、ストレスもたまるし、みんな、ト

ロい奴《やつ》をどつきたくもなる。兄が標的にされたのは、ほかの魚より劣《おと》っていたからじゃない。それをまわりに気づかれたからだ。ようするにうかつだったのだ。

（おれは、兄貴《あにき》みたいにはならない）

そう誓《ちか》った現は、転校してすぐにクラスを観察し、情報《じょうほう》を集めた。家族に変わったキャラがいるなんて、ヒマ人には最高のツッコミどころだ。自分の立場は弱い。弱い人間は、情報くらい集めないとな。イスラエルやスイスみたいにさ。情報機関の強化だ。

現は一日目の算数の時間に、ボス猿《ざる》を見つけた。何かというと、「これ、もう塾《じゅく》でやったしな～」と言う男子。勉強はできるが、それをひけらかさずにはいられない。わかりやすい。

（とりあえず、こいつともめごとを起こさなければいい）

と、現は見切った。特に荒《あ》れたクラスでもなく、かげで仕切っている裏《うら》ボスもいないようだ。女子は女子でいろいろありそうだが、男子の間で浮《う》かなければ、巻《ま》き込《こ》まれることもないだろう。

そうして一か月、現は細心の注意をはらってまわりのエイプな奴らに合わせ、兄のように浮くこともなくうまくやってきた。大槻歯科《おおつきしか》クリニックも少しずつ患者《かんじゃ》が増《ふ》え、兄はフリースクールに週一、二回通いはじめている。何も問題はない。

（おれはうまくやってる）

現はそう信じていた。

二階のはしにある図書室の前に立つと、引き戸のガラスに赤い貼《は》り紙《がみ》がしてあった。

「なんだこれ?」

少しくすんだ、夕日のような茜色《あかねいろ》の紙だ。なんの報《しら》せだろうと思って見ると、

探《さが》しものがある人は、放課後、図書室に来てください。

と書いてある。今ごろ自由研究のサポートでもしてるんだろうか? 夏休みの宿題はすべて、始業式の日に出した自分には関係ない。現は気にせず図書室の中に入った。

(あれ?)

図書室の空気が、なんだかいつもと違《ちが》う気がする。だが、その原因《げんいん》はすぐにわかった。見慣《みな》れぬ女の人がカウンターの中に立っていたのだ。

すらりと背《せ》が高く、髪《かみ》が長い。顔色が悪いとか生気《せいき》がないわけではないが、なんだか生きている人のような気がしない。

(こんな司書の先生いたっけ?)

と思いつつ、現は五年一組のカードケースの中から、自分のカードを取り出した。

「大槻現くんですね」

司書の先生らしき人は、現のカードを見て言った。

「えっ？」

自分が転校生だから、見かけない生徒だと思ったのだろうか？　現がいちおう「はい」と返事をすると、

「では、大槻現くん。この本を、探《さが》してください」

と言って、司書の先生は一枚《まい》のメモを差し出した。

「この本を見つけたら、あなたの探しものも見つかりますよ」

「探しもの？」

なんのこっちゃと思いつつメモを見ると、「『久助君《きゅうすけくん》の話《はなし》』新美南吉《にいみなんきち》」と書いてあった。

「新美……南吉？」

どっかで聞いた名だ。

（ああ、『ごんぎつね』だ。あの変な話の作者か）

前の学校で四年生のとき受けた、つまらない国語の授業《じゅぎょう》を現は思い出した。ぬるい午後の教室で、若《わか》い男の先生が教科書を全員に読ませ、

「えーと、兵十《ひょうじゅう》に撃《う》たれてしまったとき、ごんはどう思ったのでしょうか?」

と、みんなに聞いた。何人かが手をあげ、現が指された。

「はい。ごんは兵十に、自分のやっていることを気づいてほしかったんだと思います。だから家にものを運ぶのも、見つかりにくい夜にすればいいのに、明るい昼間やって、運んだ後もさっさと逃《に》げないでいたから、銃《じゅう》で撃たれたんだと思います。ごんは哀《あわ》れだと思います」

「すばらしい。深い読み方ですね、大槻くん」

おおーっという級友たちの声を聞きながら、席に座《すわ》った現は、心の中で舌《した》を出した。

(馬鹿《ばか》か。菜種がらに火をつけるなんて、動物がやるわけないじゃん。こんな狐《きつね》いるかよ)

これは狐って書いてあるけど、ほんとは馬鹿な人間なんだ、と現は思った。だいたい動物が、人間みたいなことを考えて人間みたいな行動をするわけない。でも童話や絵本に書いてある「動物」は、「人間」なんだと考えれば、だいたい納得《なっとく》できる。

(ごんは村の大人には相手にされない、馬鹿な男なんだ。でも、友達が欲《ほ》しいから兵十に食べ物をみついでる。それを動物と間違《まちが》えて殺されたんだけど、さすがに人間が人間を撃ち殺すラストなんて、まずいもんな。だから狐だったってことにしてるんだ)

そんな空想は馬鹿げている。現は百《ひゃく》も承知《しょうち》だった。でもそんな馬鹿げた空想でもしなければ、何時間も興味《きょうみ》のない童話のことを「考えましょう」なんていう、退屈《たいくつ》な授業《じゅぎょう》に耐《た》えられなかった。ありえない行動をする動物が「どう思ったでしょう」だって？　動物がどう思う？どう考える？

「動物だから考えません。そもそも、この話は成り立ちません」

としか答えようがないじゃないか！

でも、そんな答えを先生は望んでないし、自分も望んでない。そんな発言をする「変わった奴《やつ》」として目立ちたくはない。

本の中の狐《きつね》は人間で、教室にいる人間は猿《エイプ》。皮肉だ。

「おれ、こんな本探《さが》してないですけど？」

と言って現が顔を上げると、司書の先生は消えていた。カウンターの中でかがんで作業しているのかもしれないと思い、中をのぞき込《こ》んでみたがいなかった。このカウンターには、奥《おく》に書庫などもないし、ただひとつの出入り口の前に、現は立っている。その現に気づかれずに出ることなどできないはずだ。

「マジか……」

現はぞくっとした。生まれてから今まで、怪奇現象的《かいきげんしょうてき》なものには一度もあったことがない。どうせそんなのは、勘違《かんちが》いか病気か、「不思議《ふしぎ》ちゃん」のアピールだと思っていた。手元にメモだけが残っている。やぶり捨《す》てようかとも思ったが、もし本当の怪異《かいい》だったら、こういうのを粗末《そまつ》にした奴《やつ》は、たたられるのがお約束だ。たたられるのは嫌《いや》だ。

こういうときは、さっさと問題を片付《かたづ》けてしまえばいい、と腹《はら》をくくり、現は「な行」の棚《たな》へ行った。しかし、日本の作家名の「な行」の棚には、『ごんぎつね』や『おぢいさんのランプ』といった本は何冊《なんさつ》も並《なら》んでいるのに、なぜか『久助君の話』はなかった。

（誰《だれ》か借りてるのか？）

パソコンで調べようと思ってカウンターに戻《もど》ると、図書室のすみに置かれている「廃棄《はいき》図書」と太マジックで書かれた段《だん》ボール箱《ばこ》が目に入った。古すぎたりボロすぎて捨てられる本だ。その中に、なんと『久助君の話』という文字が見えた。

（なんだ。こんなところにあったのか）

いかにも昔の子どもの本といった布張《ぬのば》りの装丁《そうてい》に、ペンと水彩画《すいさいが》の表紙が貼《は》りつけてあった。ぱらぱらと黄ばんだ紙をめくると、古い紙のにおいがした。酸性紙《さんせいし》だ。今の中性紙《ちゅうせいし》の本はこんなに黄ばみやすくも、やぶれやすくもない。朽《く》ちてゆく酸性紙は、木の葉のようなにおいがする。秋の、枝《えだ》から落ちたばかりの木の葉じゃなく、雨にぬれて日にさらされて半分土に還《かえ》った冬の木の葉だ。現はそのにおいが嫌《きら》いではない。祖父母《そふぼ》の家にある古い本棚のにおいだ。

『久助君の話』は、とても短い、こんな話だった。

主人公の久助は親に勉強させられ、仲良しの友達と遊びそこね、どうでもいい同級生の平太郎《へいたろう》とほし草の中で遊ぶ。夕暮《ゆうぐ》れまでねこのようにとっくみあって、ふと離《はな》れて平太郎の顔を見ると、それは見たこともない少年だった。平太郎だと思って知らない少年と遊んでいたのだ。

久助は世界がうら返しになったように感じるが、じつは――。

盛《も》り上《あ》がる山場も何もない、つまらない話だった。読んで一番に頭に浮《う》かんだのは、

(こんな話が教科書に載《の》ってなくてよかった)

ということだった。こんな話を読まされて、「久助君はどう思ったでしょう?」なんて聞かれたらたまらない。現はどんなにつまらない説教くさい話でも、先生の満足する答えを言う自信があったが、こういう話は難《むずか》しい。同じ南吉なら、まだ〝狐人間《きつねにんげん》の恩返《おんがえ》し〟でよかった。

「で、どうすんだよ。コレ?」

図書室は、しんと静まり返っている。現は『久助君の話』を段《だん》ボール箱《ばこ》に返し、その上にメモをのせた。見つけたことは見つけたのだ。これでいいだろう。

(これでもう、たたられないよな)

あとは自分の読みたい本を借りて、さっさと帰ろう。

本を探《さが》していると、さっきまで現ひとりだった図書室の中に、もうひとり生徒が入ってき

た。その顔は合同体育のときに見たことがあった。隣《となり》の五年二組の男子だ。

その男子はぶつぶつ言いながら、「SF《エスエフ》・ファンタジーコーナー」の棚《たな》を探していた。現はその男子に近づいていった。現の借りたい『五次元世界の冒険《ごじげんせかいのぼうけん》』も、そのコーナーにあるはずだったからだ。

（お、あった）

案の定、分厚《ぶあつ》い本は誰《だれ》にも借りられていなかった。現は『五次元世界の冒険』に手を伸《の》ばした。すると、その手の下に別の手が重なった。

「えっ？」

なんだ、このシチュエーション。ドラマや映画《えいが》だったら恋《こい》に落ちるパターンだ。でも相手が猿《エイプ》じゃありえない。素早《すばや》く『五次元世界の冒険』を抜《ぬ》き取《と》った男子に、現は言った。

「それ、おれ借りたいんだけど」

「ダメ。おれ、先」

なんだコイツ、日本人か？　用件《ようけん》だけぽつぽつと言う男子を、現はしげしげと見た。日に焼けているのか地黒なのか、アボカドの種のような顔に坊主頭《ぼうずあたま》が伸びた髪《かみ》と、かなり色あせたアニメ柄《がら》のT《ティー》シャツ。ユニセフとかのポスターに出てきそうだ。ひょっとして親が外国人なのかもしれない、と現は思った。そういう生徒も今は珍《めずら》しくないからだ。しかし相手は、

「これ、おれも借りようと思って探《さが》してたんだ」

と、今度は長文で言った。どうやら外国人ではなさそうだ。だが、本なんか読むようには見えない。カウンターに出したカードの名前を、現はちらっと見た。

(向井荒太《むかいあらた》……か)

そのカードには、四月から借りた本の記録は一冊《さつ》もなかった。

「なあ、それおまえが読むの？」

荒太はちょっと目をおよがせた。

「読まないなら、おれ先にしてくんない？　三日あれば読めるからさ」

「……今日、いる」

「なんで？」

「今日、読みたがってる、と思う」

誰《だれ》が、と現が言いかけた瞬間《しゅんかん》、

「おれが借りたんだから、二週間はおれのもんだ」

と言って、荒太は『五次元世界の冒険』を、ほとんど中身のつまってないランドセルにしまって逃《に》げるように図書室を出た。ランドセルは二十年くらい使ったように、ぼろぼろだった。

「ちょっと待てよ！」

現は図書室を出る荒太を追いかけた。


「ついてくんなよ」

「家がこっちなんだよ」

それは嘘《うそ》ではなかった。なんの因果《いんが》か、あの司書のせいで読みたくもない本を探《さが》させられ、つい、においにつられて読んでしまったので、今度は絶対《ぜったい》に自分の読みたい本を読みたかった。


早足で歩く荒太の姿《すがた》が角で消えた。現も急いで後を追って、角を曲がったとたん、大きな黒い物体にぶつかった。

「なんだ、オラァ？」

声は現のはるか頭上から聞こえた。身長は現の一・五倍、体重は二倍くらいありそうな中学生だった。しかも着崩《きくず》した制服《せいふく》の下に髑髏《どくろ》のＴ《ティー》シャツ——どう見てもマイルドなヤンキーだ。

（やばっ！）

常《つね》にそつなく生きることに命をかけている現が、めったにやらない失敗だった。

「さーせん（すみません）」

と言って素早《すばや》く逃《に》げようとした現の肩《かた》を、中学生がつかんだ。

「なんだオラ、それが年上に対する謝《あやま》り方《かた》か？」

「……すみません」

屈辱《くつじょく》、という二文字が浮《う》かんだ。

（それもこれも、あいつのせいだ！）

現は壁《かべ》のような中学生の向こう側に立っている荒太をにらんだ。先に行ったと思った荒太は、じっとこっちを見て立っている。

「おい。おまえ聞いてんのか？」

中学生が、現の肩《かた》を突《つ》き飛《と》ばした。無様《ぶざま》に尻餅《しりもち》をついた現の目に、ダッシュしてくる荒太が見えた。まさかと思う間もなく、荒太は中学生の頭に本を振《ふ》り上《あ》げ、思いきり振り落とした。

（マジかー！）

バコッという鈍《にぶ》い音とともに頭を押《お》さえ、うずくまる中学生を尻目《しりめ》に、荒太は現に言った。

「逃《に》げろ！」

現は走り出した。後ろから聞こえる中学生のうめき声に、うっかり振り向くと、その間に荒太は数メートル差をつけていた。

（こいつ、速っ！）

重い本を抱《かか》えているはずなのに、荒太は速かった。現は足が遅《おそ》いほうでもないが、速いほうでもない。つまり平均《へいきん》なのだが、平均値《へいきんち》の人間など引《ひ》き離《はな》す、圧倒的《あっとうてき》な身体能力《しんたいのうりょく》だった。

（だから、短距離《たんきょり》って嫌《きら》いなんだよ）

あいつ勉強だけで運動できないんだと馬鹿《ばか》にされるのが嫌《いや》で、現は苦手な運動はネットで動画を見て研究していた。おかげでフォームが要《かなめ》の跳《と》び箱《ばこ》、マット運動、水泳や長距離は平均以上にクリアできた。球技《きゅうぎ》も基本《きほん》動作を覚え、ボールが次にどこに動くかを観察すれば、むやみにボールを追いかけて固まっている奴《やつ》らよりうまくなれた。もちろんそれは小学生だからで、中学に入り、部活に入った者にはかなわないだろうが、「あいつダメだ」と烙印《らくいん》を押《お》されないことが重要なのだ。しかしそんな現でも、こと短距離に関しては、あまり努力が報《むく》われなかった。

（このまま、ただ走ってたってダメだ。すぐ追いつかれる）

中学生とは、圧倒的な体格差《たいかくさ》がある。どうにかしなければ、と思った現の耳に、かすかにピアノの音が聞こえた。走りながらあたりを見回すと、初めてのはずの町並《まちな》みの一角に、あざやかな色の百日紅《さるすべり》の花と、〈平原《ひらはら》あや子《こ》ピアノ教室〉という看板《かんばん》が見えた。

「おい、こっちだ！」

現は荒太に叫《さけ》んだ。

「えっ？」

立ち止まった荒太を手招《てまね》きし、現はピアノ教室の白いペンキで塗《ぬ》られた木戸を開け、百日紅《さるすべり》の咲《さ》く庭に飛《と》び込《こ》んだ。続いて荒太が飛び込み、現は素早《すばや》く木戸を閉《し》めると、近くの紫陽花《あじさい》のかげにしゃがみ込んだ。そこは道からは死角になる場所だった。現はふーっと息をついた。隣《となり》に同じようにしゃがみ込んだ荒太も、息をつきながら広い庭を見渡《みわた》した。

「ここ、おまえんち？」

「違《ちが》う」

「人んち？　やべえだろ！」

大声で言う荒太の口を、現は手でふさいだ。「おれが習ってたピアノの先生んちだよ」

「………」

わかった、というように荒太がうなずいたので、現は手を離《はな》した。荒太は顔をしかめ、口のまわりをさすった。どうやら勢《いきお》いよくふさぎすぎたらしい。

「勝手に入って怒《おこ》らんね？」

荒太が小声で聞いたが、現は首を振《ふ》った。

「おれ、先生に気に入られてたから」

ふうん、というように荒太はうなずいた。嘘《うそ》ではなかった。平原先生に見つかっても、わけを話せば許《ゆる》してくれるだろう。問題は中学生だ。

（この家に入ってきたこと、気づかれたか？）

二人が息をひそめていると、バタバタという足音がし、木戸の奥《おく》を背伸《せの》びしてのぞき込《こ》む中学生の姿《すがた》が、ちらちらと植《う》え込《こ》みの向こうに見えた。まさか他人の家までは入ってこないだろう――そう思いつつ、現は心臓《しんぞう》がばくばくした。

「ちょっと、ここで何やってるの？」

という声にどきっとして、声のしたほうを見ると、木戸のそばで五歳《さい》くらいの女の子をつれたお母さんが中学生をにらみつけている。髪《かみ》をきれいに巻《ま》いたお母さんがスマホを取り出し、

「警察《けいさつ》に通報《つうほう》するわよ」

と言いだし、中学生は慌《あわ》てて走って逃《に》げていった。

「ざまみろ」

うれしそうに言う荒太を、現が「しっ！」と止めた。荒太は不服そうに、

「もとはといえば、おまえのせいじゃねえかよ」

とつぶやいた。

「おまえが本で殴《なぐ》るからだよ」

屈辱的《くつじょくてき》だが、あのまま謝《あやま》っていれば相手の気持ちは収《おさ》まったはずだ。これじゃしばらく

は、ビクビクしながら町内を歩くことになる。現は心の中でため息をついた。

室内から、何度も途切《とぎ》れながらバイエルが聞こえた。

百日紅《さるすべり》が散って落ちた、紫陽花《あじさい》の葉の上を、カタツムリがはってゆく。どれくらいそうしていただろうか？　カタツムリが紫陽花から、苔《こけ》だらけのブロック塀《べい》につったとき、どちらからともなく言った。

「もういいかな」

「もういいだろ」

現はそろそろと立ち上がった。ずっと折りたたんでいたひざが痛《いた》かった。二人がそっと木戸を開けて外に出ると、

「あれ？　荒太、何やってんの？」

と言う声がした。現は跳《と》び上《あ》がりかけたが、荒太は「卓也《たくや》こそ、何やってんだ？」と聞いた。

「おれ、買い物」

卓也は、ナスが入ったポリ袋《ぶくろ》を持ち上げた。二組の生徒だった。

現はほっとしつつ、あたりを見回した。どうやら中学生は消えたらしい。「じゃあな」と、卓也も去ってゆき、室内から聞こえていたたどたどしい曲が、なめらかな旋律《せんりつ》に変わった。生

徒のレッスンは終わり、先生がCD《シーディー》をかけたのだ。平原先生が若《わか》いころからファンだったという、ブーニンのショパンだ。

「これ、なんの音だ?」

荒太が言った。

「なんの音って、ピアノだろ?」

「これピアノ? ほんとに?」

首をかしげる荒太に、

(マジでピアノ知らないのかよ、このエイプは)

と、現は思った。

「スタニスラフ・ブーニンだよ」

「スタ……何?」

「有名なピアニスト」

「うまいの?」

「天才だよ」

ショパン国際《こくさい》ピアノコンクールに十九歳《さい》で優勝《ゆうしょう》、なんて言っても、エイプにはわからないだろうけど……現は心の中で呟《つぶや》いた。

「……ああ。そうか。だからピアノの音がするんだ。下手な奴《やつ》が弾《ひ》くと、ピアノと指がぶつかる音しかしねえもんな」

それは現にとって、エイプの口から出るはずのない言葉だった。

（なんだこいつ？）

現がピアノをやめたのは、本当は引《ひ》っ越《こ》しのせいではなかった。引っ越した家のほうが、この教室に近いのだから、通うのは楽になる。

「もう高学年だから、勉強する時間が欲《ほ》しいから」

そう言って親を喜ばせたけれど、本当は違《ちが》う。現はあるとき、ふいに思ったのだ。自分はピアノをたたいているだけで、ピアノの音を出していないのではないかと。そんなことを考えたら、急にやる気がなくなってしまったのだ。「やめます」と現が言うと、「もったいない」「上手なのに」と平原先生は引きとめた。

だが現は、自分がいくら練習してもうまくなっても、自分はピアノをたたく音しか出せないと思った。決して「ピアノの音」は出せない。そんなことを言っても誰《だれ》もわからないだろう。世の中でいう「ピアノの音」はちゃんと出ているんだから。きっと、誰にも——。

（なんでこいつは気づくんだ？）

そのとき、現は今まで見ていた荒太の顔が、まったく違う人間のように思えた。

現は自分の前を歩く、荒太の後《うし》ろ姿《すがた》を見ていた。かかとがすり減《へ》り、汚《よご》れたスニーカーでアスファルトの道を、すたすたと迷《まよ》うことなく歩いてゆく。そして、その足が止まったのは、見覚えのある場所だった。

「あれ？」

顔を上げると、緑の蔦《つた》のからまるレンガが見えた。そして〈ビストロ苑田〉という看板《かんばん》と、ランチメニューを書いた、折りたたみ式の黒板も。

（なんで？）

荒太は店の裏口《うらぐち》にまわった。ちょうど白いエプロンをつけた三十代くらいのきれいな女の人が、ワインの空《あ》き瓶《びん》の入った木箱を持って出てきたところだった。

「あら、荒太くん。久《ひさ》しぶりね」

女の人はにっこり笑い、「ちわ」と荒太は頭を下げた。

「ちょうどよかったわ。昨日、パン焼きすぎちゃったの。よかったらいる？」

「えっ？　い、いいです」

遠慮《えんりょ》しているのか、荒太は断《ことわ》ったが、女の人は困《こま》ったように言った。

「一日たってるから、もうお店には出せないのよ。もらってくれると助かるんだけど」

「じゃ、じゃあ……」

「持ってくるわね」と言って中に戻《もど》った女の人は、すぐに紙袋《かみぶくろ》を持って出てきた。

「はい、どうぞ」

「やった……。ありがと！」

と言うなり、荒太は紙袋を開けて小さなパンをほおばり、「おまえも食う？」と、紙袋を現に差し出した。もらうつもりはなかったが、香《こう》ばしいバターのにおいに、現の手は「いただきます」と、袋に伸《の》びていた。小ぶりのクロワッサンは、口の中に入れると、さっくりくずれた。

「明日《あした》までに食べてね」

「今日、全部食うと思う」

女の人は笑った。現はつややかな弦楽器《げんがっき》のような、クロワッサンの皮を見た。バターをたっぷりふくむクロワッサンは、焼き立てのときはパイのようにぱりっとしているが、時間がたつと中の水分でしっとりしてくる。一日もたって、こんなにぱりっとしているはずがない。

ひょっとして……と現は悟《さと》った。この人は、「お店に出せない」と言いながら、まだ新しいパンを荒太にくれたのではないだろうか？

「あら、その本、ゆいに持ってきてくれたの？」

女の人は、荒太が手にしている本を見た。

「あー、そうだった。忘《わす》れてた」

「ゆいー」

裏口《うらぐち》から二階につながる外階段《そとかいだん》に、女の人は声をかけた。二階の住居《じゅうきょ》部分のドアが開き、髪《かみ》の長い女の子が顔を出した。その子を見た現は、

（あっ！）

と、パンをのどにつまらせそうになった。それはまさしく、写真の「あの子」だった。しかし、そう思った瞬間《しゅんかん》、女の子が頭にのせていた黒っぽいタオルを取った。するとそこにいたのは、ぼさぼさの寝《ね》ぐせのついたショートカットの、どこにでもいる普通《ふつう》の女の子だった。

（えっ？　べ、別人？）

荒太は二個目《こめ》のパンをほおばりながら、ゆいに言った。

「なんだ。起きてんじゃん。ズル休みかよ」

「ズルじゃないよ。朝は七度あったもん。そうだよね、お母さん？」

「はいはい」と言いながら、女の人は店の中に戻《もど》っていった。ゆいは階段を下りてきた。

「あ、それ借りてきてくれたの？」

「はいよ」

荒太は本を差し出した。

「ありがと。これ読みたかったんだ」

「あ、でも、こいつが次に借りたいんだって」

「こいつって誰《だれ》？」

荒太が振《ふ》り向《む》いた。

「あれ？」


現は荒太がゆいと話している間に、〈ビストロ苑田〉から離《はな》れていた。おそらく「あの子」は、ゆいは、自分のことに気づいてはいないだろう。

なんのことはない。自分がずっと探《さが》していた女の子は、すぐ隣《となり》のクラスにいたのだ。苑田ゆい——図書室のカウンターで、何度か見たことがある。五年二組の図書係だ。

べつにすごい美少女でも、賢《かしこ》そうでもない。写真のときは髪《かみ》の毛《け》が長いだけで、あのワンピースや額縁《がくぶち》や小道具のせいで、普通《ふつう》のぼさっとした女の子が、特別に見えていただけだったのだ。

現はひどく馬鹿《ばか》らしかった。

(何、期待してたんだ。あんな、エイプの仲間に)

がっかりしているということは、期待していたのだ。きれいで賢くて、ほかの子が読んでいないような本を読んでいて、自分とだけ話があう女の子——そんな子はいやしない。

「いたな」

うつむいて歩いていた現は、ぎょっとして顔を上げた。目の高さには髑髏《どくろ》のＴ《ティー》シャツがあり、さらに上には憎々《にくにく》しげに自分をにらみつける細い目があった。

「この野郎《やろう》！」

中学生の手が、現のＴシャツの襟首《えりくび》を絞《し》め上《あ》げた。

「もうひとりのガキはどこだよ？」

「知ら……ない」

嘘《うそ》はついていなかった。向井荒太の家なんて知らないし、〈ビストロ苑田〉の場所は絶対《ぜったい》に教える気はない。中学生は現の襟首をつかんだまま、塀《へい》にどん、と押《お》しつけた。後頭部に鈍《にぶ》い痛《いた》みが走る。この塀の向こうが大槻歯科クリニックなのに、ちょうどその建物からは死角だった。

そのとき、何かが現と中学生のすぐそばをひゅっと通《とお》り過《す》ぎたかと思うと、けたたましい防《ぼう》犯《はん》ベルの音が、あたりに鳴《な》り響《ひび》いた。現と中学生から十メートルくらい離《はな》れたところで、

「おっまわりさーん、悪人でーす、犯罪者《はんざいしゃ》でーす、カツアゲでーす！」

と、荒太が現の防犯ベルを振《ふ》り回《まわ》しながら叫《さけ》んでいた。

「てめえ！」

中学生が現から手を放し、荒太に向かって走っていく。荒太は現のほうに、防犯《ぼうはん》ベルを高く放り投げた。ベルをキャッチした現は、わざとランドセルについているピンを差し込《さこ》まなかった。ベルは鳴りやまず、塀《へい》のかげから顔を出した男の人が、何ごとかと三人のほうに振《ふ》り向《む》いた。中学生は舌打《したう》ちし、走って逃《に》げていった。現はピンをベルの穴《あな》に押《お》し込《こ》んだ。音はぴたりと止まった。

「大丈夫《だいじょうぶ》かね？」

初老の男の人は、現と荒太に聞いた。

「はい、大丈夫です。あの人とぶつかった拍子《ひょうし》に、ピンが抜《ぬ》けちゃって」

現はそつなく説明した。男の人は、「ああ、そう」と、うなずいて去っていった。クリニックの患者《かんじゃ》だった。

「おまえ……なんで？」

現は荒太に聞いた。荒太は、ランドセルの中から『五次元世界の冒険』を差し出した。

「『そんなに読みたい子がいるなら後でいいよ』だってさ」

「……いいよ。熱あるんだろ？」

熱を出して休んだ女の子のために、こいつは本を借りた。女の子は、こいつの話を聞いて、おれにゆずってくれた——なんだよ、そのイイ話。

「熱、もう下がったってさ」

「よかったな」

「うん。よかった」

荒太はうなずいて、にっと笑った。その顔から、あの子が荒太にとって、どれだけ特別なのかがわかった。

現は本を荒太に押《お》し返《かえ》し、離《はな》れの中に走《はし》り込《こ》んだ。


プレハブの部屋に入ってドアを閉《し》め、ランドセルを投げ出し、現は床《ゆか》の上にごろりと横になった。汗《あせ》ばんだ背《せ》に冷たい床が気持ちよかった。目を閉《と》じて大きくため息をつくと、誰《だれ》もいないはずの部屋に、人の気配がした。

「見つかりましたね」

現は飛び起きた。なんでここに、あの司書の先生がいる？　不法侵入《ふほうしんにゅう》だ。

「平太郎君を、見つけましたね」

先生の手には、あのぼろぼろの『久助君の話』があった。

「あれは、平太郎じゃない。向井荒太だ」

「あなたの平太郎君でしょう？　それに、探《さが》しものも見つかりましたね」

「探しもの？」

「あの子を、ずっと探してたでしょう？」

「……違《ちが》う。あんな普通《ふつう》の子じゃない。もっと、特別な子だ」

「あなたにとっての特別な子です」

「はあ？　なんだ、それ？」

現の問いには答えず、「さて、と」と言いながら、先生は『久助君の話』を開いた。

「この本の、最後の役目も終わりましたね」

開かれた本は、そのまま二つに大きく割《わ》れ、一枚《まい》、また一枚とページがはがれ落ちていった。

「直さなくていいのかよ？　司書のくせに」

先生は首を振《ふ》った。

「木の葉は土に還《かえ》るもの。言の葉も同じです。これはもう、多くの人の中に、肥《こえ》となって糧《かて》となって消えた本。朽《く》ちて形もなくなって、読んだことすら覚えていない人もいるでしょうが、その人たちの言の葉の中に、生まれ変わっているのです」

ようするに、「いい本をたくさん読みましょう」ってことか？　現は笑った。

「おれ、そんなに読んだ本に影響《えいきょう》受けないけど。本なんて、おもしろくないの多いし」

「そのとおり。だから、あなたはときに怒《いか》りを覚える。『こんなことあるはずがない』と」

狐人間《きつねにんげん》のことだ、と現は思った。

「自分の好きな本なんて、そう簡単《かんたん》には出合えないもの。好きな人に簡単に出会えないように。でも、そうやって怒りに囚《とら》われているうちに、あなたは平太郎君を見逃《みのが》し、あの子を見失う」

はがれ落ちた一枚《まい》一枚《まい》の白いページは、あっというまに日に焼けた色に変わった。それは見えない炎《ほのお》にあぶられたように、細く丸まっていた。

朽《く》ちた木の葉となった無数の紙は、現の足元に、ぱらぱらと散らばっていった。

ドアをノックする音に、現は目を覚ました。薄暗《うすぐら》い部屋の中に、自分以外の人影《ひとかげ》はなかった。

(夢《ゆめ》？)

再《ふたた》びドアをノックする音に、

「今行く！」

と、反射的《はんしゃてき》に現は答えた。間《ま》をおいて余計《よけい》な詮索《せんさく》をされ、ドアを開けられたくなかった。

「今行くから！」

急に起き上がると、頭がふらふらした。母屋《おもや》のリビングに行くと、母といっしょに下の兄がいた。珍《めずら》しい。下の兄はいつも、あとからひとりで食べるのに。今日は部屋を出てきたんだ、と思った。

父はまだ仕事、上の兄は部活だ。兄は、母の作ったハンバーグをテーブルに運び、現の顔を見て言った。

「おまえ、どうしたんだ？」

「何が？」

どうしたんだは、そっちだろうと思った。

「目、赤いぞ」

現は廊下《ろうか》の鏡を見た。まるで泣いたように、目が充血《じゅうけつ》していた。

「泣いてたのか？」

「泣いてない」

泣くわけがない。泣くような夢《ゆめ》ではなかった。でも、世界がうら返しになった夢だった。

現は、母が運ぼうとしていたサラダののった盆《ぼん》を運び、食卓《しょくたく》についた。

「手伝ってくれて、ありがとう」

母が言った。「うん」と現は答えた。下の兄は「今日さ……」と、話しはじめた。それはフリースクールで、イスラム教徒の友達ができたという話だった。

（いつのまに、そんなレアな友達？）

そのほかにも眼帯《がんたい》をしてくるゴスッ娘《こ》や、同性《どうせい》のパートナーがいる先生の話を、兄は食べながら楽しそうに続けた。

（うまくやってるんだな）

兄がしゃべっている。母が笑っている。長い間、母と二人きりの食卓《しょくたく》で話題を探《さが》していた。誰《だれ》かがしゃべっていて、無理に話題を探さなくていいことが、こんなに楽だということを、もうずっと忘《わす》れていた。

「今日は、黙《だま》ってるのね」

母が現に言った。

「あ……、これおいしいから」

現が適当《てきとう》に答えると、母はにっこりした。「この間のビストロのソース、まねしたのよ」

「ビストロ？」

兄が聞いた。

「〈ビストロ苑田〉っていうお店。お手頃《てごろ》でおいしいのよ」

「へえ」

「今度……」

と、母が言いかけた。現は心の中で舌打《したう》ちした。

（ダメだろ。何冊《なんさつ》同じような本読んで、何回カウンセラーの先生に同じこと言われてんだよ！）

母はいつも先走りしすぎる。学校に入る前から、子どもたちに「字が読めるようになったら絵本なんて赤ちゃんの本は卒業ね」「この問題ができるならもっと難《むずか》しい問題だってできるわね」と、次から次へと与《あた》えてきた。

（それで失敗したんじゃないか。「お母さんが先回りしちゃダメですよ」って、カウンセラーも言ってたじゃないか）

だが母は、いつものように「あなたも行きましょうよ」と、兄を誘《さそ》いはしなかった。

「お友達を誘って、行ってみるつもりなのよ」

現は拍子抜《ひょうしぬ》けした。母が「友達」という言葉を使うのは久々《ひさびさ》だった。兄が不登校になってから、母はそれまで精力的《せいりょくてき》にやっていた保護者会《ほごしゃかい》の活動をやめ、同窓会《どうそうかい》にも出なくなり、家に人を呼《よ》ぶこともなくなっていたのだ。

「ふうん。吉田《よしだ》さん？」

兄が聞いた。

「そうね。あと谷《たに》さんと、『三人で今度お茶でもしましょ』って言われてるの」

「谷さんのお父さん、大工仕事、得意なんだよ。この間、学校の本棚直《ほんだな》してくれたよ」

現は気づいた。母は兄のフリースクールの保護者《ほごしゃ》たちと、いつのまにか友達になっていたのだ。

「その店、おれも行ってみたいな」

兄が言うと、

「じゃあ、今度みんなで行きましょうか？」

母が現に言った。現はうなずいた。兄が新しい場所でうまくやっているように、母も新しい場所でうまくやってるんだなと思った。


二週間後、現と母と下の兄の三人は、〈ビストロ苑田〉に来ていた。

「なんか、落ち着くね」

店内を見回した兄が言うと、「でしょう？」と、母はうれしそうにうなずいた。

三人が注文した料理を待っていると、やや派手《はで》めの年配の女性客《じょせいきゃく》が入ってきた。

「苑田さん、久《ひさ》しぶりに来たわよ～」

と、店の奥《おく》に声をかけている。シェフがわざわざ出てきてあいさつをしているところをみると、どうやら常連《じょうれん》らしい。荒太にパンをくれたゆいの母親も並《なら》んであいさつしている。

「苑田さん、今日も盛況《せいきょう》じゃない」

「おかげさまで」

「そうそう。今日は、看板娘《かんばんむすめ》ちゃんいる？」

「いますよ。今、呼《よ》びますね」

そう答えると、ゆいの母は裏口《うらぐち》のドアを開け、二階に向かって叫《さけ》んだ。

「ゆいー、唐沢《からさわ》さんよ」

現はちらっと裏口のほうを見た。外の階段《かいだん》を下りる足音がして、ゆいが顔を出した。少しくせのあるおかっぱに、日に焼けた顔。あいかわらず普通《ふつう》だ。

「あら、ゆいちゃん。ずいぶん髪《かみ》切っちゃったのねえ。あんなに長かったのに」

「うん、三十センチ以上切ったよ。ヘアドネーションしたの」

「もったいないわあ。ワンピース着て、こんなふうにしてると、深窓《しんそう》の令嬢風《れいじょうふう》だったのに」

女性客《じょせいきゃく》が写真立てと見比《みくら》べながら言うと、ゆいは「ん～」と眉《まゆ》を寄《よ》せた。

「でもその写真、写りがよすぎるから、見て誤解《ごかい》する人いるし」

「誤解？」

現はどきっとした。見た目、しかもただの髪《かみ》の長さにだまされて、勝手にこんな子だろうと想像《そうぞう》してたなんて、馬鹿《ばか》もいいとこだ。しかし、写りのいい写真にだまされたのは、現ばかりではなかった。

「じつは、この間、お客さんのなかに芸能《げいのう》関係の人がいたんですよ」

「お母さん、それ言わなくていいよ」

「いいじゃない。『このかわいい写真の子、誰《だれ》?』って言うから、ゆいのこと呼《よ》んだら、露骨《ろこつ》にがっかりした顔されたんです」

母親は笑っていたが、「言わなくていいのに」と、ゆいは怒《おこ》っていた。そりゃそうだ、と現は共感した。親はいつだって無神経《むしんけい》だ。

「あら、失礼な人ね。ゆいちゃんはショートカットだって、こんなにかわいいのに。ところで、ヘアドネーションってなあに?」

「髪の毛の寄付《きふ》。病気の治療《ちりょう》で、髪の毛が抜《ぬ》けちゃった子にあげたの」

ゆいの説明に、「無料でカツラを提供《ていきょう》する団体《だんたい》があるんですよ」と、母親が付け加えた。

「あら、いいことしたのね。じゃあ、これは、いい子にご褒美《ほうび》」

女性客《じょせいきゃく》は、小さな封筒《ふうとう》を差し出した。「ゆいちゃん、本好きでしょ。これで好きな本買ってね」

「困《こま》ります、唐沢さん」と、母親は遠慮《えんりょ》したが、

「ありがとうございます！」

と、ゆいは封筒《ふうとう》を受け取り、ぱっと満面の笑《え》みを浮《う》かべた。

食べ終わった現は、兄と母と店を出た。

「今日もおいしかったわねえ。あのお店にいた女の子、現と同じくらいじゃない？」

母が言った。

「かもね」

と、現は答えた。前から早足で歩いてきた人影《ひとかげ》が、すれ違《ちが》いざまに、「あれ？」というように現を見た。だが、何も言わず、荒太は〈ビストロ苑田〉のほうに走っていった。

「友達か？」

兄が現に聞いた。現は首を振《ふ》った。

「平太郎……」

「え？」

「なんでもない」

現は封筒を受け取ったときの、ゆいのうれしそうな顔を思い出した。あの髪《かみ》の長い写真より、かわいいと思った。

やり残しは本の中で

まはら三桃

小山樹《こやまたつる》は、ランドセルを肩《かた》にひっかけると、ボールを持って立ち上がった。

「先行っとくからな」

仲間たちに声をかけて、教室を飛び出す。早く場所を取らなければ、サッカーができない。

急げ、急げ。

廊下《ろうか》を走る。五年生の教室は四階だ。急がなければ、同じ階の六年生に負けてしまう。六年生の教室のほうが階段《かいだん》に近いので不利なのだ。一気に一階までかけおりようとした樹だったが、二階で、思わず足を止めた。図書室の前。

「なんだ、この貼り紙《はがみ》」

いつもなら気にもとめない図書室の前で足が止まってしまったのは、貼ってあった赤っぽい紙のせいだった。ちょうど今頃《いまごろ》、秋の季節の夕焼けみたいな色の紙。

「赤っ、でかっ」

しかも、貼り紙と呼《よ》ぶには大きすぎるサイズで、図書室の引き戸の上半分をおおっている。引き戸の上半分はガラスなのだが、おかげで中も見えない。まるで通せんぼでもするみたいな迫力《はくりょく》だった。

やり残したことがある人は、放課後、図書室に来てください。

しかも書いてあるのはそれだけだ。

「やり残したことなんて、ねえよ」

樹はひとりつぶやいて、もう一度走り出した。やり残すも何も、これからやりに行くところなのだ。こんな貼《は》り紙《がみ》に足を止めていては、それこそやれなくなってしまう。

が、ダッシュしかけたところでやっぱり立ち止まってしまった。貼り紙が気になったのではない。ガラスのほんのすき間から、ちらっと友達が見えたような気がしたからだ。その友達には用事があったので、樹は、戻《もど》ることにした。

ガラッガラッ。

図書室の戸を開けると、中にいた数人の視線《しせん》が集まった。力任《ちからまか》せに開けすぎたからか、思いがけずも大きな音が出てしまったようだ。みんな異物《いぶつ》でも見るような目で、自分を見ている。

まずっ。

ここは静かにするところだった。何しろ図書室なんか授業《じゅぎょう》以外で来ることがないから、作法がわからない。

「えーっと、健太郎《けんたろう》、健太郎」

だから樹は言いわけをするように、わざと友達の名前をつぶやいた。自分は人を捜《さが》しに来ただけで、怪《あや》しいものではありませんというアピールだ。

これからサッカーをする仲間のなかに、健太郎も入っている。というか、健太郎がいないと人数がそろわないので、絶対《ぜったい》に連れていかねばならなかった。

だが、先ほど見えたはずの健太郎の姿《すがた》はなかった。図書室は、教室二つ分くらいの大きさで、手前のほうが読書スペースになっていて、奥《おく》には大きな棚《たな》がずらっと並《なら》んでいる。読書スペースにいないとすれば、棚の向こうにいるのだろうが、さすがにそこまでは捜せない。そんなことをしていれば、六年生に場所を取られてしまう。

「やっぱ、行こ」

樹は思い直してきびすを返した。と、同時に何かにぶち当たった。

「うっ」

勢《いきお》いを止められて見ると、目の前に女の人が立っていた。ほっそりとしていて背《せ》が高く、長くてきれいな髪《かみ》で、白いロングのワンピースを着ている。

「こんにちは」

女の人は、硬《かた》い声で言った。自分からあいさつをしたわりには、にこりともしていない。

「こ、こんにちは」

ゆうちょうにあいさつなどしている場合じゃないのだが、樹はついじっと相手を見てしまった。五年もいるので、小学校にいる大人の顔はたいてい知っているが、初めて見る人だ。

こんな先生いたっけか？

だが樹は、浮《う》かんだ疑問《ぎもん》を振《ふ》っ切《き》るように頭《かぶり》を振った。そんなことはどうでもいいのだ。一刻《いっこく》も早く行かなくては。樹はすっと右足を斜《なな》め前《まえ》に出した。が、相手も同じ方向に足を出した。

「やり残したことがある子ですね」

行く手をはばんで、その先生はそう聞いた。

「違《ちが》います」

樹は即答《そくとう》した。すると先生は、意味ありげな顔で笑った。

「でも、あなた、表の貼《は》り紙《がみ》を見たのでしょう」

「あ？　まあ」

樹は軽くうなずいた。見たのか、見てないのかと問われれば、確《たし》かに見た。

「でも、おれ、やり残したことなんかないです。てか、今からやりに行くところだし、わっ」

異議《いぎ》を申し立てていると、とつぜん手首をしめつけられて、樹は声をあげた。見ると先生が自分の手首をつかんでいる。

「いたた」

ほっそりした手だが、力はなかなか強かった。ぎゅうっと何かにはさみ込《こ》まれたみたいな感じだ。

「探《さが》してもらいたい本があるのです。というよりも、あなたにしか探せません」

「おれにしか？」

「そうです。ほかの誰《だれ》にもできないことなのです」

そう言われると、ちょっとだけ気分はよかった。なぜ自分なのか、わからないのは別にしても。

「……、しかたないな」

樹がしぶしぶながらもうなずくと、先生はやっと手首をはなした。

「ではお願いしますね。コヤマタツルくん」

「はあ？」

なんでおれの名前を？

ぎくりとした胸《むね》の内《うち》を見すかしたように、先生が、持っていたサッカーボールを指さしたので、樹は胸をなでおろした。そこにはでかでかと、〝コヤマタツル〟と書いてあった。

「『やり残《のこ》しは本《ほん》の中《なか》で』？」

樹は眉《まゆ》をひそめて聞き返した。先生から探《さが》してほしいと言われた本のタイトルだ。やり残し、やり残しって、しつこいくらいで樹は少々うんざりしてきた。

が、先生は気にするそぶりもなく、

「見つけたら、速《すみ》やかにわたくしのところへ持ってきてください。決してページを開いたりしないように」

と言った。大きな声ではなかったが、釘《くぎ》をさすようなするどい声で、

「は、はい」

樹は思わず素直《すなお》にうなずいた。それを見届《みとど》けると、先生は安心したようにほほえんで、体の向きを変えた。

その瞬間《しゅんかん》、樹は目を見開いた。先生の体に厚《あつ》みを感じられなかったからだ。やせているとは思っていたが、なんだかぺらっとしていた。先生はまるで本のページでもめくるみたいにきびすを返し、歩いていってしまった。

樹はパチパチとまばたきをしたが、すぐに気分を切りかえた。

さっさと見つけて、サッカーに行こう。

だいたい図書室なんて、自分のいる場所じゃないのだ。室内には真面目そうな奴《やつ》ばっかりだし、おかしなにおいもする。

このにおいも苦手なんだよな。

図書室は、古いような、とがったような、やわらかなような変なにおい。落ち着かない。そして何よりこの静かさ。いるだけで背中《せなか》がもぞもぞする。樹にとって図書室は、まったくなじめない場所だ。

「えーっと、やり残し、やり残し」

ボールを机《つくえ》の上に置き、とりあえずすぐ脇《わき》にあった、棚《たな》の前に移動《いどう》して探《さが》すことにした。本棚には、「世界の名作コーナー」という札が出ていて、ずらっと背表紙《せびょうし》が並《なら》んでいる。上の段《だん》から目を動かしていく。

古い本もあれば、わりと新しい本もあるし、分厚《ぶあつ》い本もあれば、薄《うす》い本もあるが、その題名のどれにも、樹は見覚えがなかったし、なんの興味《きょうみ》もわかなかった。

が、つらつらと背表紙をながめていた樹の目は、すぐにとまった。

「これだよな」

頼《たの》まれた本は、あっさり見つかった。すぐにわかったのは、その本だけが飛び出していたからだ。整然と並《なら》ぶ本の中で、一冊《さつ》だけ棚《たな》からはみ出ていたから、いやでも目にとまったのだ。引《ひ》っ張《ば》り出《だ》した本は、すり切れた古い布張《ぬのば》りで、表紙に絵が貼《は》ってあり、『やり残しは本の中で』とタイトルがついていた。

「なんだ、軽いじゃん」

樹は鼻で笑った。おれにしかできないなんてうまいこと言っておいて、このたやすさはなんだ。拍子抜《ひょうしぬ》け。

「け、あほらしい」

樹は本を取り出して、あたりを見回した。

さっさと先生に渡《わた》してグラウンドに行かなければ。

が、司書カウンターには誰《だれ》もいなかった。ぐるりとあたりを見渡してみる。

おっ。

先生の姿《すがた》はなかったが、その代わりに樹はクラスメートの姿を見つけた。真下《ました》のぞみだ。真下は机《つくえ》で本を読んでいた。

先生の行方《ゆくえ》をたずねてみようかと思ったが、やめた。のぞみがあんまり真剣《しんけん》だったからだ。近づくのもためらわれるくらいに、本に夢中《むちゅう》になっている。

「ちぇっ」

樹は本を置いていくことにした。見つけたら必ず手渡《てわた》すように言われていたけれど、相手がいないのだからしかたがない。

カウンターにぽいっと本を置いた。が、
あれ？

樹は視線《しせん》を一瞬《いっしゅん》、本に引《ひ》っ張《ぱ》られそうになった。表紙の絵になんとなく、見覚えがあるようで気になったのだ。

ま、いいか。

けれども樹は振《ふ》り返《かえ》らなかった。サッカーボールを抱《かか》えて走り出す。と、そのときだった。

「た……」

何かが聞こえた。樹は足を止める。あたりを見回すが誰《だれ》もいない。聞《き》き間違《まちが》えかと思い、また体を戻《もど》したとき、さっきと同じ声が聞こえた。今度ははっきりと、言葉として耳に届《とど》いた。

「助けて」

ぎくりとして振り返った樹は、目と口を大きく開いた。声が出なかったのは、図書室だから遠慮《えんりょ》したのではない。そこに信じられない光景があったからだ。手がぬうっと飛び出してきていた。本の中から。

あまりのことに、射《い》すくめられたようになった瞬間《しゅんかん》、その手が樹の手首をぎゅっとにぎった。さっきみたいに。

どしん。

鈍《にぶ》い音とともに、樹は転がった。その拍子《ひょうし》に、体が何かを押《お》しあけたような衝撃《しょうげき》を感じた。

「いててて」

顔をしかめて、お尻《しり》をなでる。

あれ？

手に触《ふ》れた感触《かんしょく》が違《ちが》ったので、樹は、しかめた目を開けて自分の手元を見た。

「なんだ？　これ」

自分のお尻を包んでいたのは、はいていたはずのジーンズではなかったのだ。白くてペラペラした布《ぬの》だった。

「ぎゃっ」

樹ははじかれるように立ち上がった。改めて全身を見てさらに目を見開く。

白いカーテンを、巻《ま》きつけたようなかっこうをしていた。着物のように胸元《むなもと》で重なった布を、腰《こし》ひもでとめてある。その下は、短いスカートみたいな具合で、二本の足がむき出しになっていた。その足を見て、樹はさらに驚《おどろ》いた。薄《うす》いぞうりみたいな靴《くつ》をはいていて、足首からひざにかけて、編《あ》み上《あ》げたひもが交差している。ひものいちばん上は、リボン結びになっていた。けったいな服装《ふくそう》ではあったが、それには、うっすらとした覚えもあった。前にどこかでこんな服を着た男の絵を見たような気がする。そこまで思い出すと、

「わっ」

同時によみがえってきた記憶《きおく》があって、樹はスカート風のすそから、恐《おそ》る恐《おそ》る手を入れてみた。

「よかった〜」

ちゃんとパンツをはいていた。あの絵を見たとき、男がパンツをはいているのかどうなのかが気になったのだ。ひとまず安心した樹は、改めてまわりを見回してみた。

そこは不思議な空間だった。広間のようでも、広い廊下《ろうか》のようでもある。両脇《りょうわき》には白いでこぼことした壁《かべ》があり、大きな彫刻《ちょうこく》や鉄製《てっせい》の甲冑《かっちゅう》みたいなものが置かれていた。

学校にこんなところあったっけ？

首をかしげた樹は、甲冑の隣《となり》にドアを見つけた。木製のドアだった。開け放たれている。

さっき、押《お》しあけたような感じがしたのは、このドアだったのだろうか。

樹はドアに近づき、中をのぞき込《こ》んでみた。

真っ暗だった。何も見えない。けれどもなんとなく心当たりのあるにおいが鼻を包んだ。

古びたほこりっぽいにおい。

「ああ、やっぱ学校じゃん」

苦手なはずの図書室のにおいが、懐《なつ》かしく感じられて、樹はドアの中に戻《もど》ろうと、おかしな靴《くつ》をはいた足を踏《ふ》み出《だ》した。と、そのときだった。

「こんなところにいたぞー!」

背後《はいご》から大きな声が聞こえてきたのは。はっと振《ふ》り返《かえ》った瞬間《しゅんかん》、ひげ面《づら》の大きな男が走ってくるのが見えた。大昔の外国の戦士みたいなかっこうだった。分厚《ぶあつ》いよろいみたいなものを身につけ、頭に鉄のヘルメットをかぶっている。見るからに強じんそうで、樹は今度はちゃんと声をあげた。

「ぎゃあ」

そのままドアを閉《し》めようと、取っ手を引《ひ》っ張《ぱ》ったが、強い力ではばまれた。そしてそのまま、ぐいとドアは開かれて、樹は元のおかしな空間に引っ張り出された。

「逃《に》げようとしたってむだだぞ」

大きな男は言った。

「おまえはここで、やらなければならないことがあるんだ」

「へ？」

「やり残したことがあるだろう」

「いや、ないんですけど」

その話は何度も聞いているが、まったく心当たりがない。樹はいい加減《かげん》、いやけがさしてきた。

「それ、人違《ひとちが》いです」

きっぱりと首を振《ふ》った。すると、大男も同じように首を振った。

「人違いなものか。おまえはコヤマタツルだろう？」

「え？　なんで？」

おれの名前を知っているんだ？

樹はきょとんと目を丸くしたが、その目の前に、サッカーボールが突《つ》き出《だ》された。

「これはおまえのだろう」

「え、ま、まあ」

そこで初めて、樹は自分がボールを持っていないことに気がついた。きっと投げ出されたときに、放り出したのだろう。

「占《うらな》い師《し》のお告げがあったのだ。珍《めずら》しき球をたずさえし若《わか》き者、われらのもとにやってくるであろう。それがすなわちやり残しの民《たみ》である、となる。これが転がってきたとき、われわれは民の到来《とうらい》を確信《かくしん》した。この球のなんと珍《めずら》しいことよ」

「普通《ふつう》のサッカーボールだし」

目を輝《かがや》かせてボールをながめる大男に、樹は肩《かた》をすくめたが、すぐにその肩をつかまれた。

「何すんだよ」

「言うまでもない。やり残しの仕事をやってもらうのだ」

「だから、そんなものないんだってば」

必死の抗議《こうぎ》も聞き入れられず、樹は引《ひ》っ張《ぱ》っていかれた。


「王様、連れてまいりました」

連れていかれたのは、広い廊下《ろうか》の先にある部屋だった。

「ひょえー」

あたりを見渡《みわた》して、樹はつい大声をあげた。そこはまぶしいほどに豪華《ごうか》な大広間だったのだ。ぴかぴか光る石でできた床《ゆか》と壁《かべ》。大広間のあちこちには、彫刻《ちょうこく》がほどこされた立派《りっぱ》な柱が、何本もたっている。

「すっげー」

樹が思わず声をあげると、声が響《ひび》いた。

「すっげーって、おまえ、この部屋に覚えはないのか？」

まわりの石に反響《はんきょう》しているらしく、重々しい声だった。ただ、聞こえるのは声だけで、姿《すがた》は見えない。声の主は柱の向こうにいるのだろう。王様だろうか。

「覚えなんかねえよ。だって初めて来たんだもん」

樹は見えない相手に向かって、吠《ほ》えるように言った。さっきから納得《なっとく》のいかないことばかりで、いらいらしてきたのだ。すると声の主は、さらにわけのわからないことを言った。

「初めてだと？　くー、なげかわしい。おまえ、やり残しにもほどがあるぞ」

「はいはい。わかりました」

しつこい話にうんざりしながらも、樹は、声の主の姿を見ようと、身を乗り出した。そして、目を見開いた。

「おっ？」

王様がいたからではない。確《たし》かに王冠《おうかん》をかぶった偉《えら》そうなおじさんはいた。けれども、樹が目をとめたのは、その隣《となり》にいた人物だった。

「どうしたんだ、健太郎」

「つかまっちゃったんだよ。助けて」

そこにいたのは健太郎だった。腰《こし》を何重にも縄《なわ》でしばられた健太郎が、王様のそばで両ひざをついていた。樹と同じように白いペラペラした着物を着ている。どれくらいここでしばられていたのだろうか。顔が青白く見えた。

さっき聞こえた「助けて」という声は、健太郎の声だったと思い出した。

「健太郎」

樹は助けようと、飛び出した。と、同時に、また両方の肩《かた》をつかまれた。さっきの大男だ。

「放せよっ。健太郎を助けなきゃ」

樹は体をくねらせて訴《うった》えた。

「ほほう、おまえ、この若造《わかぞう》を助けたいのか？」

なんとか飛び出そうと、もがく樹に、王様はせせら笑いとともに言った。

「あたりまえだろっ！」

全身の力で大男の手を振《ふ》りほどき、健太郎にかけよろうとした。と、脇《わき》からよろいを着た戦士が二人現《あらわ》れて、ずん、とばかりに長い剣《けん》をかかげた。ばってんになった剣に、樹は勢《いきお》いを止められた。

「くっそお」

こぶしをにぎりしめた樹に、王様は低い声でたずねた。

「おまえは、本当にこの若造《わかぞう》を助けたいのか？」

「そりゃそうだよ」

「では聞こう。この若造はおまえのなんだ？」

「友達だよ」

あっさりと答えた樹に、王様は笑っていた顔を引きしめた。厳《きび》しい顔になる。

「友達だと？　宿題をやってもらう家来《けらい》の間違《まちが》いじゃないのか？　少なくとも、この若造はそう思っているぞ」

宿題をやってもらう家来？

確《たし》かに健太郎は真面目な奴《やつ》だ。宿題を写させてもらうこともよくある。だからといって、家来なんて思ったことは一度もない。樹は首をひねりかけたが、強く横に振《ふ》った。もうどうでもよかった。これ以上わけのわからないことに巻《ま》き込《こ》まれるのはごめんだ。さっさと健太郎を連れて帰ってサッカーをしよう。

樹は剣《けん》でできたばってんをくぐろうと、下のすき間にもぐり込もうとした。が、不思議なことに、それ以上進めなかった。

「なんだこれ？」

自分と健太郎の間には、剣ではなく、透明《とうめい》のガラスでもあるみたいだ。

「普通《ふつう》のやり方ではだめだ」

王様はまたにやりと笑った。

「おまえが本当にこの若造《わかぞう》を友だと思っているのなら」

そう言いながら、ゆっくりと立ち上がる。

「おまえは、やり残したことをしなければならない」

またこれだ。

「だから、おれはいったい何をやり残してるんだよ」

樹がうんざりと肩《かた》をすくめると、王様は健太郎のほうを向いて促《うなが》した。

「おまえが教えてやりなさい」

「王様の憎悪《ぞうお》の念《ねん》を晴らすことだよ」

「ゾウオ？」

聞いたこともない言葉に、樹は首をかしげかけたが、語感にはうっすら覚えがあったので、声に出してみる。

「あの、トン汁的《じるてき》なやつだっけ？」

そう言うと、健太郎は驚愕《きょうがく》の表情《ひょうじょう》になった。

「もしかして、雑煮《ぞうに》と間違《まちが》ってる？」

「ああ、そうだ。雑煮《ぞうに》、雑煮。お正月に食べるやつな。それを持ってくればいいの……」

がたんっ。

樹が言い終わらないうちに、大きな音がした。王様が玉座《ぎょくざ》をけちらして立ち上がったのだ。鬼《おに》のような表情《ひょうじょう》をしている。

「おまえは、そんなことだからだめなのだっ！」

激《はげ》しい稲妻《いなずま》のような大声をあげた王様に、おつきのものがかけよった。

「王様、お座《すわ》りください」

「お体に障《さわ》ります」

なんとかなだめられて、王様はまた玉座に座ったが、それ以上の説明をあきらめたらしい。肩《かた》で息をしながら、健太郎に続きを話すように命じた。

健太郎は気まずそうな顔で、まずこう言った。

「読書感想文だよ。夏に書いたろ？」

「ああ、あったな」

それはさすがに理解《りかい》ができる単語で、樹はうなずいた。読書感想文は、夏休みの宿題だった。なんでもいいから好きな本を読んで、原稿用紙《げんこうようし》五枚《まい》の感想を書くという、世にも面倒《めんどう》なものだった。

「あの物語、覚えていない？」

健太郎におずおずとたずねられ、樹は首を横に振《ふ》った。

「覚えてるも何もさ」

言いかけて、言葉をにごす。王様の武器《ぶき》のような視線《しせん》を感じたからだ。うかつなことを言えば、目からやりでも飛んできそうだ。

樹は作文が苦手だった。読書はさらに嫌《きら》いだ。書いてある字は読めるものの、それが場面としてつながらない。本の中で何が起こっているかてんでわからないのだ。だからちっともおもしろくない。樹にとって、読書は面倒《めんどう》くさいことのチャンピオンだった。

だから、読書感想文は、健太郎の作文を写させてもらった。丸写しをするとばれるから、順序《じゅんじょ》を変えて書いていった。そのために文章がつながらないところは、適当《てきとう》なことを書いたり、同じことを何回も書いて、行数をかせいだ。

「あの物語は、王様の憎悪《ぞうお》の念《ねん》を晴らしてやれば、国に平和が戻《もど》ってくるってストーリーだったんだ。でも感想文の中で、その念を晴らさないままだったから、ぼくたちは呼《よ》ばれたんだ」

健太郎の言葉に、樹はごくりとつばを飲《の》み込《こ》んだ。やっぱり信じられないことが起こっている。

「どこに？」

確認《かくにん》なんかしたくないくせに、聞いてしまった。

「本の、中に」

健太郎がゆっくりと答えた。

「そんなことあるの？」

「ぼくだって信じられないよ」

すがるようにたずねたが、健太郎も泣きそうな顔になっている。

「まじか」

樹は頭を抱《かか》えた。と同時に、今自分の着ている服に覚えがあったのに合点がいった。健太郎の家でちらっと見た表紙に描《か》いてあったのだ。あのとき、スカートをはいたような男の人の絵を見て、樹は「この人、パンツははいているのかな？」と思ったのだった。

「くっそー」

樹は奥歯《おくば》をかみしめたが、ふと気がついた。

「て、ことは、健太郎もよく読んでなかったってことか？」

たずねてみると、健太郎はばつの悪そうな顔をした。

「ああ、じつは最後まで読んでなくって」

「ちぇーっ」

「だって、樹がせかすから」

健太郎はもじもじと言った。確《たし》かに感想文を書いたのは、夏休みの最終日だった。樹は、書いている途中《とちゅう》の健太郎の家に上《あ》がり込《こ》んで、せかしたのだ。早く遊びに行きたくて。

「わかったか、そっちの若造《わかぞう》よ」

二人のやりとりを聞いているうちに落ち着いてきたのか、王様は、いげんに満ちた声でたずねた。

「話はわかったけどさ」

その憎悪《ぞうお》とやらの晴らし方は、かいもく見当がつかない。と、首をかしげる樹の胸《むね》の内《うち》を見すかすように王様は言った。

「私《わたし》の来《こ》し方《かた》をたどってこい」

「来し方？」

「そうだ。私の幼少《ようしょう》からの人生を見に行く。そうすれば、おのずとわかる」

王様は右ほっぺを指でなでながら言った。そこには、丸めた消しゴムのかすみたいなほくろがあった。

「人生を見に行くって、どうやって」

「ただこの宮殿《きゅうでん》を出て歩けばいいのだ。そして幼《おさな》いころの私を探《さが》し、追いかけていく。それがすなわち、私《わたし》の人生をたどることになる。なに、簡単《かんたん》なことだ」

王様の口調は軽かったが、樹の気は重かった。自分に課されたことは、もっとも苦手なことのような気がした。

「わかったよ」

それでも樹はしぶしぶ承諾《しょうだく》した。そうしなければ、ここからは抜《ぬ》け出《だ》せないらしいのだ。

「で、王様の名前はなんていうの?」

樹はたずねた。名前を知らなければ、探《さが》しようがない。

がたんっ。

と、王様はまた立ち上がった。けれども今度は顔に怒《いか》りの感情《かんじょう》はなかった。それどころか、何かを期待しているように、目がらんらんと輝《かがや》いていた。

「それだ」

「どれだ?」

「おまえの任務《にんむ》は、その名前を探し当てることなのだ。名前がわかれば、憎悪《ぞうお》の念《ねん》も晴れるのだ」

王様は高らかに声を響《ひび》かせたが、樹はこっそり毒づいた。

「自分の名前も知らないのかよ」

「ばかを言うでない。私《わたし》の名前は、アレキサンダービクトリーグレートマウンテンキングオブキングだ」

「わかってるじゃん」

しかも、覚えるのも大変そうな長ったらしい名前だ。けれども王様は、首を振《ふ》った。そして、また険《けわ》しい顔をする。

「これは今現在《いまげんざい》の……、私の名だ。大いなる権力《けんりょく》と富《とみ》を手に入れた私の名……、探《さが》してほしいのは……」

そこまで言うと苦しそうに、顔をゆがめ、

「うおーっ」

と叫《さけ》んだ。

「だめだ、憎悪《ぞうお》の念《ねん》がこみ上げてきて、それが自分自身を苦しめている」

健太郎は言った。

「なんでわかるんだ？」

「そこまでは読んだから。王様はたくさんの人の命や土地を奪《うば》って、この国を造《つく》った。残忍《ざんにん》で乱暴《らんぼう》なことをたくさんしてきた。本当はみんなとうまくやっていきたいと思うのに、できないのは、王様に憎悪の念があるからなんだ。ひどい仕打ちをされてきた過去《かこ》があって、自分自身も憎悪《ぞうお》している。だから余計《よけい》に荒《あ》れるんだ」

「めんどくさ」

よくわからない話で、大半は樹の耳を通過《つうか》していったが、健太郎の次の言葉は理解《りかい》ができた。

「今、この国は戦争をしようとしている」

「まずいじゃん」

「だから戦争を止めるためにも、名前を思い出さなきゃなんないんだよ」

健太郎が一気に話した隣《となり》で、王様は苦しそうに肩《かた》で息をしていた。嫌《いや》な過去《かこ》を思い出したのだろうか。

「王様が探《さが》しているのは、幼名《ようみょう》なんだ」

「ヨウミョウ?」

「小さいころの愛称《あいしょう》だ。家族から呼《よ》ばれていた、あだ名。それを思い出せれば、自分が愛されていた記憶《きおく》もよみがえる。王様は、自分が誰《だれ》からも愛されなかったせいで、こんなに残忍《ざんにん》な人間になったと思っている。戦争を止めるには、愛された記憶の詰《つ》まった幼名を思い出すことだと占《うらな》い師《し》が言ったんだ」

「ふうん。そんな話だったのか」

「幼名《ようみょう》は、最初のほうに何回か出てきたけどぼくも忘《わす》れちゃってたんだ。読み返そうとしていたところに、樹が来た。だから、しかたなく適当《てきとう》な名前を書いちゃったんだ。それで王様の憎悪《ぞうお》の念《ねん》が晴れていないって……」

「ぬおーっ！」

健太郎が言いかけたところで、またも王様がわめいた。

「忘れたうえに、適当に書いただと？　よくも私《わたし》の大事な名を」

雄《お》たけびをあげる。本物の猛獣《もうじゅう》みたいだ。

「王様、お座《すわ》りください」

「お体に障《さわ》ります」

なんとかなだめようとしたおつきのものを、振《ふ》りほどいて、王様はなおも叫《さけ》んだ。

「ぐおーっ」

「うわ、ごめんなさーい」

健太郎は身をかがめ、樹は焦《あせ》った。

ここから逃《に》げるためにも一刻《いっこく》も早く行くしかない。

「は、早く行こうぜ」

樹は健太郎をせかした。が、王様からは予期せぬ言葉が返ってきた。

「まずはおまえがひとりで行くのだ」

めらめらした目つきのまま、荒《あら》い声で言う。

「ひとりでえ？」

「そうだ。こっちの若造《わかぞう》は、ほぼ読んでいる。やり残しているのは、最後の五ページほどの読書だ」

「そんなあ」

樹は顔をしかめた。わけのわからないところに引《ひ》っ張《ぱ》りこまれたうえに、ひとりで旅をするなんて、いくらなんでも心細い。それに、だいいち面倒《めんどう》だ。

がたんっ。

また王様が立ち上がった。今度は腰《こし》につけていた剣《けん》を抜《ぬ》いた。それを振《ふ》り上《あ》げ、樹に向かって切りかかる。

「うわっ」

慌《あわ》てて飛びのいたが、王様の目はもはや獣《けもの》のようにギラギラしていた。今にも戦争を起こしそうだ。

「早く行けっ」

「わ、わかりました」

樹は全身に電流が走ったように体を震《ふる》わせて、走り出した。

とにかくここを出なくては。

大広間を抜《ぬ》けて、長い廊《ろう》下《か》を走った。

宮殿《きゅうでん》の建物を出ると、深い森だった。うっそうとした木々が太陽光をふさぐようにしげり、足元には大小の岩や石が転がっている。

「どうすりゃいいんだよ?」

樹はあたりを見回してひとりごちた。自分に与《あた》えられた使命は理解《りかい》したが、どうすればいいかはまるでわからない。肩《かた》をすくめた樹の耳に、ふと声が聞こえた。

「この道をまっすぐに歩いていけばいいのです」

声の方向を見ると、ひとりの女の人が立っていた。白くて長い布《ぬの》を、マントみたいに体に巻《ま》きつけている。ほっそりとした体で、どこかで見たことがある気がした。頭からすっぽりと布をかぶっているので、顔はよくわからないが、長くてきれいな髪《かみ》には見覚えがあった。

「まっすぐに歩けば、またあの宮殿に戻《もど》ることになっています。そこがあなたのゴールです」

続ける女の人の声に、樹の耳は反応《はんのう》した。少しかすれたその声に、聞き覚えがあったのだ。

「もしかして、図書室の?」

思わずたずねると、女の人はそれには答えずに、口元だけでほほえんだ。そして、

「最初は歩きにくくても、そのうちに慣《な》れるものよ。さあ、いってらっしゃい」

と手を振《ふ》った。

「ちょっと待ってよ。歩いていくだけっていってもさあ」

樹はすがるように言った。そんなことで幼名《ようみょう》がわかるのだろうか。もうちょっとヒントが欲《ほ》しかった。けれども女の人は、それきり何も言わず、道の脇《わき》に生えている木々の間に消えてしまった。

「ちぇっ」

樹は舌打《したう》ちをしたが、しかたなく歩きはじめることにする。薄暗《うすぐら》い森の中。少し肌寒《はださむ》くて、湿《しめ》り気《け》もあった。太陽の光が届《とど》かないからだろう。長く歩くには、あまり快適《かいてき》な環境《かんきょう》ではないように思えた。

「歩きにくっ」

しかも、道も悪い。はいているへんてこりんな靴《くつ》の底は薄《うす》っぺらくて、地面を踏《ふ》むたびに、足の裏《うら》に響《ひび》いた。樹はたどたどしく歩を進めた。

ただ、一本道なのはありがたかった。まっすぐに行きさえすれば、迷《まよ》うことはないはずだ。多少悪路にも慣れてきた樹が、少しだけ足を速めたときだった。

「うぎゃっ」

樹は足を止めた。急に脇《わき》から馬が飛び出してきたのだ。パッカパッカと地鳴りのような音を響《ひび》かせて走ってくると、樹の鼻先をすり抜《ぬ》けるようにして、まっすぐ向こうへ走っていった。馬の上には、男の人が小さな子どもを抱《だ》きかかえるようにして乗っていた。すると、

「待ってよっ。父上、エールッ」

と、大きな声とともに、ばたばたとした足音が、今しがた馬が出てきた場所から飛び出してきた。今度は、小さな子どもがひとりだ。小学校二、三年生くらいだろうか。樹よりも少し年下のようだ。子どもは、馬が走っていった後をしばらく追いかけたが、追いつくはずもない。やがて馬の姿《すがた》は見えなくなり、男の子はひとり、取り残された。

樹は立ち止まった男の子のそばにかけよってみた。男の子は、樹と同じような服装《ふくそう》をしていたが、お世辞にもきれいだとは言えなかった。布《ぬの》はあちこちやぶれていて、色もすけている。

ただ立派《りっぱ》なネックレスをしていた。黄金色《こがねいろ》に輝《かがや》いている。本物の金なのだろうか。

「なんだよっ。なんでおれはだめなんだよ」

男の子は切れた息の間から、絞《しぼ》り出《だ》すように叫《さけ》んでいた。とても悔《くや》しそうだ。

男の子は樹をちらりと見ると、本格的《ほんかくてき》に泣きはじめた。

「うえーん、うぇーん」

ぎゅっとにぎった小さなこぶしを、両方の目に押《お》し当《あ》てている。

「ど、どうしたんだよ？」

樹はたずねないわけにはいかなかった。本当はさっさと先に進みたいところだが、さすがに泣きじゃくる小さな子どもを置き去りにもできない。

「鹿狩《しかが》りに置いていかれたんだ。いつもおれだけ置いていかれる。父上はエールばかりをかわいがる。おまえは臆病《おくびょう》だから足手まといになるって。おれのほうが兄さんなのに。うえっ、うえっ」

子どもは涙《なみだ》の間からやっとそう言うと、また低い泣き声をあげはじめた。

「さっきのは、弟か？」

馬に乗っていたので正確《せいかく》にはわからなかったが、抱《だ》きかかえられていた子どもは、目の前の男の子よりも少し大きく見えた。

「ああ。四つ年下、七歳《さい》の弟だ。父さんはいつも弟ばっかりかわいがるんだ。弟はおれよりも体が大きくて、賢《かしこ》いからだ」

「じゃあ、おまえは十一歳ってこと？」

樹は自分よりも小さな男の子をじっと見つめた。同じ年には見えなかった。クラスでいちばん小さな健太郎よりも、もう少し小さい感じだ。だが、男の子は樹の質問《しつもん》にうなずいた。

「ああ、ちゃんと家庭教師《かていきょうし》もついている。でも、エールのほうがずっとできるけど。どうせおれはだめな子なんだ」

男の子はうつむいた。樹はその顔をじっと見つめて、はっとした。

あっ。消しゴムのかす。

涙《なみだ》が流れている右ほおに、ほくろがあったのだ。それはまさに王様と同じ位置。

やりぃ。

思わずにやりと笑《え》みがこぼれる。こんなに簡単《かんたん》に本人に会えるとは。これは案外話が早いかもしれない。さっさと片付《かたづ》けて、サッカーをしに行こう。

「おまえ、名前なんていうの？」

樹は勢《いきお》い込《こ》んで聞いてみた。だが、男の子は、疑《うたぐ》り深《ぶか》い表情《ひょうじょう》で樹を見返して、首を振《ふ》った。

「教えない」

「なんでだよ」

「知らない人には、簡単に名前を教えてはならないと言われている」

そう言い残し、男の子は飛び出してきた木の間に、消えてしまった。

「ちぇっ」

樹は二回目の舌打《したう》ちをした。やはりまだ道を歩いていくしかないようだ。とぼとぼと足を進める。馬や人が出てきて、ほんの少しだけ退屈《たいくつ》じゃなくなった道が、また、つまらなくなった。何しろ風景が変わらないのだ。ただただ薄暗《うすぐら》く、歩きづらい。いちばん気持ちが重くなるのは、道の先が見えないということだ。

樹は足元からまっすぐにのびる一本道に目をやった。視界《しかい》の果てでかすんでいる。けれどもともかく、

「この道をまっすぐに歩いていけばいいのです」

という女の人の言葉を信じるしかないだろう。

「よし、走っていこう」

樹は気を取り直して勢《いきお》いよく走り出した。不思議なもので、ゆっくりのときは歩きにくかった道が、あんまり気にならなくなった、というよりも、ずっと調子が出てきた。あいかわらず道には、大きな岩や石がごろごろしていたが、それらを見ないようにして走ると、スムーズに進めることがわかった。コツをつかんだ樹は、どんどんスピードを上げた。すると、

「おっ！」

かすんでいた視界の果てに、うっすらと白い建物が見えた。

「宮殿《きゅうでん》だ」

ゴールが見えて樹の勢《いきお》いはいっそう増《ま》した。

急げ、急げ。

途中《とちゅう》、さっきの男の子が出てきて、小動物を追いまわしていたが、スルーした。その後ろを追いかけていた女の人に、ぶつかりそうになっていったんは足を止めたが、また走り出した。

「○□※、○□※」

行《ゆ》き過《す》ぎるときに、女の人の声がかすかにしたような気がしたが、よく聞きとれなかった。

お父さんと弟は、ちょくちょく出てきた。そのたびに、さっきの男の子はお父さんにムチで打たれたり、弟から石を投げられたりしていた。かわいそうだな、とは思ったが、樹は立ち止まらなかった。一刻《いっこく》も早く宮殿《きゅうでん》にたどり着きたかったのだ。うれしいことに、宮殿の姿《すがた》はさっきよりもはっきりしてきた。確実《かくじつ》に近づいている。

「よし、一気に行こう」

樹が、さらにスピードを上げようとしたとき、目のはじっこに、揺《ゆ》り椅子《いす》に座《すわ》ったやさしそうな女の人が見えた。ひざでは男の子が気持ちよさそうに目をつぶっていた。あの男の子だが、よく見ると名前を聞いたときよりもずっと小さい。どうやら幼《おさな》いころの男の子のようだ。

「お母さま、ぼくのお母さま」

男の子が、甘《あま》えた声を出していたので、樹はつい立ち止まり、
案外マザコンなんだな。

にやりと笑った。が、すぐに先を急いだ。

「私《わたし》の大事な○□※」

そのとき女の人のやさしそうな声が聞こえた。走りながら少し振《ふ》り返《かえ》ってみると、

「このネックレスを大事にするのよ」

女の人は自分の首から、金のネックレスを外して男の子の首にかけているところだった。

あのネックレスは、お母さんからもらったものだったのか。

思いながらも先を急いだ。道が平坦《へいたん》で走りやすかったのだ。どんどん走っていた樹が、ふと
足を止めたのは、目の前にとつぜん違《ちが》う女の人が出てきたからだ。

「あなたって子はっ！」

樹の行く手をはばむようなかっこうで、女の人はあの男の子のお尻《しり》を、棒《ぼう》でたたきはじめ
た。

「許《ゆる》して！　母上」

男の子が言っているところを見ると、女の人はお母さんなのだろうか。

樹はさすがに足を止めて、よく見てみた。やっぱりさっきの女の人とは、明らかに違う。揺《ゆ》

り椅子《いす》で男の子が甘《あま》えていた女の人は、もっとふっくらしていて、茶色い巻《ま》き毛《げ》だったが、こちらは黒髪《くろかみ》だ。それにやせていて、服装《ふくそう》も派手《はで》だった。

それにしても、やられてばっかだよな。

樹は、男の子に同情《どうじょう》の念《ねん》を抱《いだ》かずにはいられなかった。まったく男の子は、毎度毎度、両親にしかられていたし、弟にはばかにされ、友達らしき子どもたちからも、からかわれたり、いじめられたりしていた。よく見ていなかったが、樹の目をすり抜《ぬ》けていったのは、そんな光景ばかりだ。

樹は自分まで重い気分になって、思わず足を止めた。止まったせいで、お母さんの声がしっかりと聞こえた。

「このどろぼうっ！」

「ご、ごめんなさい」

「かわいい弟や妹のおやつをぬすむなんて、恥《は》ずかしいことがよくできるわね」

「だって、お腹《なか》が空《す》いていたんです。エールやドールの食事よりも、ぼくの分はずっと少ないから」

「あたりまえです。できの悪いおまえの分は、少なくて当然なの」

ヒステリックに叫《さけ》ぶ声を聞きながら、樹ははっとした。

エール？　ドール？

男の子が弟と妹の名前を口にしたせいで、すっかり思い出したのだ。自分に課せられた使命を。

幼名《ようみょう》を探《さが》さなきゃいけなかったんだ。

「くっそー」

樹は頭を抱《かか》え込《こ》んだ。さっきから、ちょくちょく出てきていた女の人が、何かを言っていたことを思い出したのだ。走っていたせいで聞こえなかったけれど、あれは男の子の名前だったのかもしれない。

樹は目の前に意識《いしき》を戻《もど》した。弟と妹の名前が出てきた流れで、男の子の名前も出てくるかもしれない。期待を込めて、耳をすませた。

と、お母さんは男の子のお尻《しり》をたたくのをやめた。そして、

「バツとしてこのネックレスはもらいます」

と、男の子の首からネックレスをもぎとった。

「あ、それは大事なっ」

男の子は血相を変えたが、女の人はネックレスを素早《すばや》く背中《せなか》に隠《かく》し、

「うるさいっ。今日の晩《ばん》ごはんも抜《ぬ》きですっ！」

さらにむごい宣告《せんこく》をくだし、その場を後にしてしまった。

男の子は、ぐったりとうずくまっていた。あたりまえだ。さんざんお尻《しり》をたたかれたうえ、ネックレスも奪《うば》われ、晩《ばん》ごはんまで抜きなのだ。さすがにかわいそうになった樹は、腰《こし》をかがめて男の子をのぞき込《こ》んだ。

「大丈夫《だいじょうぶ》か」

なるべくやさしい声をかけたつもりだったが、相手はきっ、と強い視線《しせん》をさし向けてきた。その目には、見覚えがあった。やはり王様の目だ。

「おまえ、やられてばっかだな」

だからちょっとからかうように言うと、男の子はますます目を三角にした。

「うるさいっ！」

この目にも見覚えがあった。王様と同じ、憎悪《ぞうお》の目だ。

小さいころから、こいつは憎悪に燃《も》えていたのか。

「ごめんごめん。そう怒《おこ》るなよ」

樹はなんとかなだめた。さっさと退散《たいさん》したかったが、そうもいかない。なんとか今度こそ名前を聞かなければ。

その前にさっきから気になっていたことをたずねてみる。

「おまえのお母さんって、どっちだよ？　茶色い髪《かみ》のほう？　それとも、さっきの黒い髪のほう？」

するると、男の子は目をまん丸にした。

「おまえ、おれの母を知っているのか？」

つかみかからんばかりに迫《せま》られて、樹は後ずさりした。

「あ、ああ。よくは知らないけど、揺《ゆ》り椅子《いす》に座《すわ》っているのは見た」

「ああ、お母さま。それはわが最愛の母だ。なぜおまえに見えたのだ？」

「なぜって言われても……」

「あのお姿《すがた》は、おれにしか見えないはずなのに。何しろおれの心の中だけにしかいないのだから」

「心の中に？」

樹はわけがわからず首をかしげたが、男の子はそれには答えず、話を続けた。

「おれの本当の母は、死んでしまったんだ。けれども父上は、すぐに新しいお母さんを連れてきた。そして弟と妹が生まれた。だから、おれは邪魔《じゃま》ものなんだ」

「なるほど」

そう言われると多少は納得《なっとく》した。あまり本は読まない樹でも、『シンデレラ』の話くらいは知っている。あれも継母《ままはは》が先妻《せんさい》の子をいじめる話だ。

「それでおまえは、ときどき本当のお母さんを思い出しているんだな」

「ああ。現実《げんじつ》の世界に、おれの味方はいない。まわりにはおれをいじめる奴《やつ》ばっかりだ」

「確《たし》かにな」

ちらちら見てきた限《かぎ》り、男の子の言い分は理解《りかい》できた。あちこちでひどい目にばかりあっている。

「それにしても、おまえに母が見えたっていうことは」

男の子はそう言いながら、樹を見た。なぜか寂《さび》しげな表情《ひょうじょう》だった。

「おまえもおれの心の中にいるってことなんだな。いや、わかってはいたんだ。たまに姿《すがた》を見せるおまえが、実際《じっさい》の友達だったらいいなと思っていただけだ。でもそんなことはないのだ。おれには、友達のひとりもいやしないんだ」

男の子は急に力を込《こ》めて言うと、何かを決心したようにこぶしをにぎりしめた。

「力が欲《ほ》しい」

そして、天をあおぎ見た。森の木々はうっそうとしていて、薄暗《うすぐら》かったが、そのとき木漏《こも》れ日《び》が、男の子の全身に注いだのを樹は見た。輝《かがや》くような光が男の子を包む。光の中で男の子は叫《さけ》んだ。

「大いなる権力《けんりょく》と富《とみ》が欲《ほ》しい。そのためにこの国の王となり、すべての民《たみ》をひれ伏《ふ》させるのだ」

次の瞬間《しゅんかん》、男の子はぐっと身長が伸《の》びていた。骨格《こっかく》もしっかりとして、立派《りっぱ》な甲冑《かっちゅう》を身につけ、大きな馬にまたがっていた。そして、いつのまにか、まわりを家来《けらい》のような男たちや、きれいな女の人が取り囲んでいた。あの泣き虫でいじめられっ子の男の子の面影《おもかげ》はどこにもなかった。

「アレキサンダーさま」

「わが王アレキサンダーさま」

取り囲んだ家来たちが呼《よ》ぶ名前に、樹ははっとした。

ちょっとの間に、男の子はアレキサンダーになってしまったみたいだ。樹は目をぱちぱちさせたが、アレキサンダーはさっそうと馬にまたがり、樹には目もくれず、走り去ってしまった。

「おーい。待ってくれえ」

樹は追いかけようとしたが、ぬかるみに足をとられ、尻《しり》もちをついてしまった。

「ちぇっ、なんだよ、ここ」

お尻をなでながら立ち上がった。そして、あたりを見回して、あ然とした。森の道は、さっきよりもずっと悪くなっていたのだ。大小の石だけではなく、倒木《とうぼく》も道をふさいでいる。そのせいで、しっかりと見えていたはずの宮殿《きゅうでん》も見えなくなっている。

それでも樹は前に進もうとした。とにかく宮殿に行かなくてはならないことはわかっていた。幼名《ようみょう》を持っていかなければ、戦争が始まってしまう。それに何より、健太郎が待っている。

しかたないので、倒木をまたぎ、岩のすき間をすり抜《ぬ》けて、なんとか進もうとした。しかし、なかなか足は持ち上がらなかった。しかもまわりの景色がぼんやりしてきた。

「ふぁああ」

口から大きなあくびが出た。疲《つか》れたのか、さっきから眠《ねむ》たくなってきている。

「もうどうでもいい」

眠気とともに、投げやりな気分になった。

「だって、もうだめだよな」

考えてみれば、男の子はすでにアレキサンダーになっている。しかもゴールの宮殿はすぐそこだ。これから先、幼名を思い出す出来事があるとは思えなかった。険《けわ》しくて、眠たい道が続いているだけだ。

あほらし。

樹が、やれやれと、首をひと回ししたときだった。ふと道の左手が明るいのに気がついた。道の両側は木々でおおわれうっそうとしていて、それ以上の広がりはないはずだったのに。樹は、枝《えだ》のすき間からのぞいてみた。

「あれっ」

そして、目を丸くした。そこにはドアが一枚《まい》あったのだ。しかもうっすらと開いていて、そこから光が漏《も》れている。樹は両手で枝をかき分けた。そして、思わず鼻から息を吸《す》い込《こ》んだ。覚えのあるにおいがしたのだ。古くさくて、ほこりっぽいにおい。これはまさしく、図書室のあのにおい。

「やりい」

樹は確信《かくしん》したとたん、ドアを引《ひ》っ張《ぱ》って開けていた。そして体を滑《すべ》り込《こ》ませた。不思議なことに、枝があれだけうっそうとしていたのに、体をじゃますることはなかった。樹はあっさり、ドアを抜《ぬ》けた。

樹は図書室の椅子《いす》に座《すわ》っていた。机《つくえ》の手元には、本が一冊《さつ》広げて置いてあった。

「これは、リアルだよな」

わざと口に出して言ってみる。自分の口と耳で確認《かくにん》しないと不安だったからだ。自分の姿《すがた》を確《たし》かめる。トレーナーとジーンズだ。

リアルだ。

樹は自分自身に答えを返して、あたりを見回した。数人の児童たちが、思い思いの席に座《すわ》って、本を読んでいる。真下のぞみもいる。さっきよりも熱心に本を読んでいる。

やっぱり現実《げんじつ》の世界だ。だが、現実の世界でこそ見つけたい人はいなかった。

健太郎……。

とらえられて、うなだれていた健太郎の顔が胸《むね》に迫《せま》ってくる。健太郎はまだとらえられたままなのだろうか。おれが来るのを待っているのだろうか。

考えてから、樹は強く首を振《ふ》った。

「まさかあ」

でも、口に出した声は、ひび割《わ》れて耳に返ってきた。胸が軽くざわめきだした。今まで起こっていたことは、居眠《いねむ》りの夢《ゆめ》の中のことだと思えば納得《なっとく》はできたが、なんだか寝《ね》ざめが悪かった。ずるをしているみたいな気分だ。まったくばかばかしいことだけど。

「樹」

と、そのとき、声が聞こえた。健太郎の声だった。もちろん空耳なのはわかっていた。だって、声がしたのは本の中からだったから。

でも。

「えい、やあっ」

樹は立ち上がった。目をつぶる。そしてプールに飛《と》び込《こ》むような気持ちで、広げた本の中に頭を突っ込《こ》んだ。と、本はまさにたっぷりの水みたいに、するりと樹を受け入れた。

次の瞬間《しゅんかん》、樹は元の森に戻《もど》っていた。またの間にすーすーと風が吹《ふ》いているが、でもなぜか心地《ここち》よい風だった。樹は自分の後ろにある道と、前にのびる道を交互《こうご》に見つめた。戻って、幼名《ようみょう》を確《たし》かめるべきか。それとも前に進むべきか。

少しだけ迷《まよ》ったのち、樹は一歩を踏《ふ》み出《だ》した。前へ。一刻《いっこく》も早く健太郎に会いたかったのだ。とにかくあの場所に行かなくては。持っていく土産《みやげ》はなくても、行かなくては。そして健太郎を助けなければ。

体にギュッと力がみなぎって、樹は懸命《けんめい》に足を進めた。

が、道は思った以上に、進みにくかった。もしかして、これまでの道のりを飛ばしてなければ、もう少し歩きやすかったのかもしれない。それでも倒木《とうぼく》をかき分け、岩をまたいで、樹は進む。たくさんの人や、いろんな場面が目の脇《わき》をすり抜《ぬ》けていった。なんとなく理解《りかい》できる場面もあれば、モザイクがかかっている人もいた。けれども、なんとしても行かなければならない。わからなくても進まなければ。

健太郎を助けたい。

樹の胸《むね》の奥底《おくそこ》から、強い思いがこみ上げてきた。この際《さい》、王様の悲しみや憎悪《ぞうお》なんかどうでもよかった。アレキサンダーはかわいそうなのかもしれないけど、もっとかわいそうなのは健太郎だ。自分のせいで、とらえられているのだ。自分が、やるべき宿題をやらなかったせいで、巻《ま》きぞえをくっている。

今、道なき道を歩く樹のすぐそばでは、アレキサンダーが、国の民《たみ》をおさえつけながらも、その後悔《こうかい》で、夜ごと苦しみの雄《お》たけびをあげていた。

「おれは、なんてひどい人間なのだ」

と。

やっぱ、面倒《めんどう》くさい奴《やつ》。

それよりも健太郎だ。とらえられてうなだれた健太郎の顔が迫《せま》ってきて、樹は追い立てられるように前に進んだ。薄《うす》っぺらい靴底《くつぞこ》の下から小石が突《つ》き刺《さ》す暗い道を、樹は踏《ふ》みしめる。

「着いた」

樹はとうとう森を抜《ぬ》けた。目の前には宮殿《きゅうでん》の大きな扉《とびら》が立ちはだかっていた。樹はその分《ぶ》厚《あつ》い扉を押《お》しあけた。

ギギギギッ。

ときしむ音をたてて、扉《とびら》が開いた。

「樹！」

そこには健太郎がいた。サッカーボールを持って待ち受けていた。

「健太郎っ」

樹は健太郎にかけよって、ボールごと健太郎を抱《だ》きしめた。ふだんなら絶対《ぜったい》にやらない行いだが、感情《かんじょう》をおさえられなかったのだ。すでに大仕事を終えたような気になっていた。なんと大変な道のりだったことだろう。だが、

「わかった？」

健太郎からたずねられ、樹ははっと目を見開いた。そして、すぐにその目をしゅんと地面に落とした。

「いや。聞きそびれた」

「まじで？」

健太郎はあきれはてたような声をあげた。

「やばいんですけど。めっちゃ、やばいんですけど。なんのために行ったんだよ」

「いや、名前らしきものはかすかに聞いたんだよ。でも覚えてないんだ」

「えーっ、意味ないじゃん。もう、どうすんだよ。このままじゃ、戦争が始まっちゃうよ。て

いうか、ぼくたち帰れないじゃん！　樹のせいだぞ」

健太郎は罪人《ざいにん》を見るような目をした。これには樹もカチンときた。

「おれはおれなりにがんばったんだよっ。おまえだって、悪いじゃん。道を通ってきたわりには忘《わす》れてんじゃん」

言い返してやった。適当《てきとう》に走ってきた自分でさえ、名前が出てきたことくらいはわかった。それなのに先に通ったはずの健太郎にも覚えがないというのなら、健太郎だって適当に進んできたということだ。

「じつは途中《とちゅう》で眠《ねむ》くなってさ。うつらうつらしてた」

「ほら、みてみろ。人のせいにばかりしてんじゃねえよ」

白状《はくじょう》した健太郎に樹はつめよった。と、そのとき声が聞こえた。

「よくここまで来ましたね」

声のほうを見ると、白い布《ぬの》を巻《ま》きつけた、やせた女の人が立っていた。

「しっかり見ていなかったことはさておき、ここまでたどり着いたのは偉《えら》いと思うわ」

「先生？」

が、女の人は樹の質問《しつもん》には答えず、健太郎の持っているサッカーボールを指さした。

「それはなんのためにあるのでしょうね」

「そりゃ、サッカーをするためじゃん」

樹はあっさり答えたが、健太郎ははっとしたようにサッカーボールを見つめた。

「そういえば、異国《いこく》から救世主が来るんだ。その救世主が持っている珍《めずら》しい球に、名前が浮《う》かび上《あ》がってくるんだ。それが物語のクライマックスだった」

健太郎はそう言って輝《かがや》かせた目を、また罪人《ざいにん》を見るみたいに細めた。

「そこで樹がやってきたんで、本を読むのをやめたんだけどね」

「もう一回読めばよかったじゃないか」

「よく言うな。そんなの適当《てきとう》に書いとけ、って言ったのは樹だろ」

「しーっ」

また小競《こぜ》り合《あ》いになった二人に、先生は、口の前に人差し指を立てた。

「ここは、静かにするところよ」

二人は肩《かた》をすくめた。そしてうなずきあってボールを見つめる。球に名前が浮かび上がってくるらしい。樹はまじまじとサッカーボールを見つめた。

コヤマタツル
そして首をかしげた。書いてあるのはそれだ。ただし浮かび上がってきたわけではない。樹のサッカーボールなので、そう名前が書いてあるだけだ。

「まさか、おれとおんなじ名前?」

気恥《きは》ずかしくなった樹だったが、健太郎のほうは、真剣《しんけん》な表情《ひょうじょう》のままだ。

「どうした? 浮《う》かんできたか?」

「うん。なんとなく、覚えがあるような、ないような」

思い出すようにつぶやいた。○□※……。

「おっ。がんばれ健太郎。思い出せ」

「う—んと、ツルタ? コマル? ルマコ?」

もどかしそうに言った後、とつぜん、

「あっ!」

と、健太郎は声をあげた。

「おっ!」

同時に樹も声をあげる。かすかに耳に残っていた音《おん》が、だしぬけによみがえってきたのだ。

二人は大きくうなずきあって、走り出した。長い廊下《ろうか》をかけぬけて、大広間に飛《と》び込《こ》んだ。

「おおっ」

「救世主が来られた」

「ありがたい」

その場にかしずいていた家来《けらい》たちが次々に立ち上がり、最後に王様が立ち上がった。期待に満ちたような顔をしている。

樹は、健太郎ともう一度顔を見合わせた。そして、同時に大声で叫《さけ》んだ。

「マルコーッ」

「マルコーッ」

二人の声は大広間にとどろいた。


次の瞬間《しゅんかん》、樹は図書室にいた。

夢《ゆめ》だったのかな。

思ってみたが、どうやらそうではないらしい。その証拠《しょうこ》に胸《むね》がまだどきどきしているし、手のひらには汗《あせ》がにじんでいる。

樹はその両手に持ったボールを確《たし》かめて、やはり夢《ゆめ》ではなかったことを確信《かくしん》した。ボールから、王様の幼名《ようみょう》だけが消えていたからだ。マとルとコの字が、なくなっていた。
ヤ　タツ
残った文字を見ながら、自然と笑《え》みがこぼれた。こぶしをにぎる。

「ヤッタ」

文字を入《い》れ替《か》えると、そう読めた。今の気分にぴったりだった。

樹はサッカーボールを脇《わき》に抱《かか》え、右手で『やり残しは本の中で』と書かれた本をつかんだ。

カウンターに持っていく。そこには白いワンピースを着た、髪《かみ》の長い先生が座《すわ》っていた。

「ありました」

樹が静かに本を置くと、先生はにこっと笑った。

「どう？　読書もいいもんでしょ？」

樹も笑ってうなずいた。

「はい。なんか、やったって感じです」

それを聞くと先生は満足そうにうなずいて、

「お友達なら、先にグラウンドに行ったわよ」

と、教えてくれた。

「あ、サッカー」

樹は慌《あわ》ててかけ出した。

エピローグ

五つの物語は、いかがでしたか？

本の数だけ、人の数だけ、違《ちが》った物語があると、わかっていただけたことと思います。
そして図書室には、あなたにぴったりな本が、必ずあるのです。
途方《とほう》もないほどたくさんの本の中から、そんな本を見つけ出す……。
それは、宝探《たからさが》しのようなものかもしれません。その宝物を探し当てたとき、あなたの人生はきらうきらうと輝《かがや》き、ほんの少し、あるいは、とても、豊《ゆた》かになることでしょう。

ほう、あなたも図書室で、宝物を探してみませんか？

え？　わたくしは何者か、ですって？

さぁ……。

わたくしには、ほこりをかぶった本たちのささやき声が聞こえてくるだけ。そして、あなたと本をつなぐために、ちょっぴり仕掛《しか》けをするのです。

ああ、おしゃべりはこれくらいにして、そろそろ行かなければ。
次は、あなたの小学校の図書室に現《あらわ》れるかもしれません。
夕焼けのような茜色《あかねいろ》の貼《は》り紙《がみ》を見つけたら、気をつけてくださいね。

それでは、みなさん、ごきげんよう。

デビュー10周年記念 スペシャル座談会《ざだんかい》

本たちと私《わたし》たちが出《で》逢《あ》ったころのお話

構成／三品秀徳　写真／船元康子

児童書売り場を担当《たんとう》する書店員さんや、児童文学を評論《ひょうろん》する人たちの間で、いつのころからか「2006年組」という言葉が生まれました。この年にデビューした５人の作家さんを指したキャッチフレーズで、そのバラエティに富《と》んだ作風、たしかな筆の力によって、「2006年は児童文学作家の当たり年だ」と評判《ひょうばん》になったのです。

『ぐるぐるの図書室』を書いた５人は、デビュー10周年を迎《むか》えたいまも変わらず、新しい物語を私たちに贈《おく》り続《つづ》けています。そのみなさんに、子どものころの読書体験や児童文学の世界を目指した理由など、〝創作《そうさく》のヒミツ〟を語りあっていただきました。

写真：左から菅野雪虫さん、工藤純子さん、濱野京子さん、廣嶋玲子さん、まはら三桃さん

図書館が遊び場でした！

――みなさん、デビュー十周年、おめでとうございます！　変わらず児童文学界で走り続けていらっしゃるみなさんは、きっと、幼《おさな》いころから文学少女として、たくさん本を読まれたのではないですか？

廣嶋《ひろしま》　うちの母は、私《わたし》が幼稚園《ようちえん》のとき、『ホビットの冒険《ぼうけん》』を読み聞かせてくれました。

濱野《はまの》　読み聞かせで『ホビット』!?　五百ページを超《こ》えますよ！　どれくらいの期間で？

廣嶋　さだかではないですが、そうとうかかりました。一晩《ひとばん》で一章なんて読み終わりませんしね。でも、ゴクリ（映画版《えいがばん》ではゴラム）の登場シーンとか鮮明《せんめい》に覚えています。私の作品は、妖怪《ようかい》が出たりするファンタジーが多いので、確実《かくじつ》に影響《えいきょう》を受けていると思います。

と、物語にのめり込《こ》んだ小学生でしたが、なりたかった職業《しょくぎょう》は獣医《じゅうい》さんか文化人類学者でした。発掘《はっくつ》作業がしたくて（笑）。

まはら　私は本の虫というほどでもなかったんですよね。家にあんまり本がなかったので……。小学校中学年のとき、先生が学級文庫をつくってくれて、同級生の女の子が家から、『メアリー・ポピンズ』や『ドリトル先《せん》生《せい》』といった本をたくさん持ってきてくれたんです。おかげで読書の楽しみを知ることができたと感謝《かんしゃ》しています。『若草物語《わかくさものがたり》』を読んで、私は三姉妹《しまい》なんですが、登場する四姉妹のうち、「自分はどのタイプだろ？」なんて投影《とうえい》していました。

濱野　私にとって本との出逢《であ》いは、図書館でした。小学校の隣《となり》の敷地《しきち》に区立の図書館があって、いまでは信じられませんが、板の間

「恋愛《れんあい》も描《えが》きますが、ドロドロした感じは好きじゃありません」と工藤さん

に靴《くつ》を脱《ぬ》いで入るんです。部屋もうす暗い感じで、古びた本が多かったですが、そこで、世界の名作などを借りて読みましたっけ……。そうそう、まはらさん、私《わたし》、自分のお金で初めて買った本が『若草物語』でしたよ。

工藤《くどう》　私にとっても図書館は遊び場のひとつでしたね。でも、おもしろそうと思った本ばかり読んでいたので、いわゆる名作とかは読んでなかったかな。『マガーク少年探偵団《しょうねんたんていだん》』シリーズとか大好きでした。読書して気がついたのは、自分は空想することが好きなんだなってことでした。授業中《じゅぎょうちゅう》も、「空から何か降《ふ》ってきたら、どうなっちゃうかな？」なんて想像《そうぞう》してるんですけど、ほかの子はそんなことをしていない。「私ってヘンなのかも」と思って、そのくせのことは黙《だま》っていました。でも小学五年生のときに仲良くなった読書好きの子から、「いっしょに物語を書いてみない？」って誘《さそ》われて、想像したことを表現《ひょうげん》したら、すっごく気持ちよかった！　大学ノート一冊分《さつぶん》、物語を書いたんです。

まはら　すごい！　完結させたんですか？

工藤　完結させました。お互《たが》いがそれぞれ自分の書きたいものを書いて、途中《とちゅう》まで書いたらノートを交換《こうかん》して読みあいっこして、また続きを書いて……。超能力《ちょうのうりょく》が流行《はや》っている時代だったから、SF《エスエフ》を書いていましたね。いまは、ぜんぜん書けないのに（笑）。

菅野《すがの》　私《わたし》の場合、身の回りに本がたくさんあって恵《めぐ》まれていましたね。だけど友だちはまったく本を読まず、落書きされたりする有《あ》り様《さま》で（笑）。「読書の楽しさを友だちと共有できない」とわかった当時の私は、「だったら、私がおもしろい話を本から仕入れて話そう」と頭を切《き》り替《か》えました。

——え？　それは菅野さんが読んだ本の内容《ないよう》を要約して話したということですか？

菅野　そう、語《かた》り部《べ》です。自分で言うのもなんですが、けっこうウケましたよ。本の内容をそのまま話しても、みんな飽《あ》きちゃうから話を盛《も》って、元の本よりもおもしろおかしく話したんです。でも、そのおかげで、ちょっと本の内容を誤解《ごかい》されてしまって……。友だちから「その本、おもしろそうだから貸《か》して」って言われたんですけど、日本で初めて公害を告発した田中正造《たなかしょうぞう》の伝記だったんですよ。「いや、私が語ってるほどおもしろくないよ」って説明したり（笑）。

濱野　足尾銅山《あしおどうざん》の鉱毒事件《こうどくじけん》を世間に知らしめた政治家《せいじか》の話でしょ。どうやっておもしろく話したのか気になってしょうがない（笑）。

まはら　菅野さんの話で思い出したけれど、

「私の作品はファンタジーですが、『和』のテイストが特徴《とくちょう》です」と廣嶋さん

家に本はありませんでしたが、語り手はたくさんいました。大家族で近所に親戚《しんせき》も住んでいましたし、自営業《じえいぎょう》だから店にたくさんの大人たちがやってくる。そして大人たちがみんな、惜《お》しみなく自分の頭の中にある物語を語ってくれたんですよ。祖父母《そふぼ》が昔話を語ったり、叔母《おば》が笑い話をしたり。それを毎日、聞いて育っていました。この経験《けいけん》は、創作《そうさく》の種になっているかもしれません。

嘘《うそ》っぽい希望は伝わらない

——みなさん、デビュー以来、一貫《いっかん》して「児童文学」と呼《よ》ばれるジャンルを書かれていますが、なぜ子どもたちに向けて物語を届《とど》け続《つづ》けているのでしょうか？

廣嶋　私《わたし》、小学校が大嫌《だいきら》いで、本の世界に逃《に》げていたという面がありました。とくにファンタジーに溺《おぼ》れるようにのめり込《こ》んでいて、自分の基盤《きばん》をつくってくれたのは物語だという思いが強くあるんですね。だから書き手になって、子どものころの私をそうさせてくれたように、束《つか》の間《ま》でも、その世界に没頭《ぼっとう》できる物語を書けたらいいなと思っているんです。物語を書くうえで、「子どものときの自分だったら、この話を読んで楽しいのかな」という基準《きじゅん》を持つようにしています。

濱野　「自分が子どものころに読みたかったもの」を探《さぐ》り当《あ》てる感じはありますよね。私は最初から児童文学を目指していたのではなくて、たまたま思いついて書いた話が児童文学というジャンルだったというのがきっかけです。ただ、この世界は居心地《いごこち》が良かったんです。臆面《おくめん》もなく希望や理想を語れますから。

工藤　私も、友情《ゆうじょう》や夢《ゆめ》を書きたいという思いが強くて、てらいもなくそれを語れる点で、児童書の世界は自分に合っているかな。

――とはいえ、みなさん、世の中の残酷《ざんこく》な一面も描《えが》きつつ、どこかで希望を見いだす作品世界を生み出していらっしゃいますよね。

濱野　そう、希望を書くにしても、それが嘘《うそ》っぽかったら、読者にぜんぜん伝わりません。

まはら　たしかに。私《わたし》は現実《げんじつ》を取材して書くことが多いので、まず間違《まちが》ったこと、不正確《ふせいかく》なことは書けません。でも、現実を引き写すだけでは成立しないのも確《たし》かなんです。『たまごを持つように』という弓道《きゅうどう》をテーマにした作品をつくるのにいろいろな取材をしましたが、ひとつ、あえてやり残しをしました。実際《じっさい》に弓を引かなかったんです。「弓を引く感触《かんしょく》は味わっていないけれど、その感覚を探《さぐ》るような気持ちで作品を書こう」と決めて、それが自分には合っていたみたいです。

――みなさんがそんな思いを込《こ》めて生み出している本たちですが、若《わか》い世代の「活字離《かつじばな》れ」が言われて久《ひさ》しいという現実《げんじつ》もあります。読者に向けて、読書の魅力《みりょく》を伝えるメッセージをいただけませんか？

菅野　興味《きょうみ》を持ったこと、話題になったことって、まさにそのときに知りたいですよね。その点でインターネットはすごく便利。

「みんなに知られていないニッチなネタを探《さが》して書いていますね」と濱野さん

でも、パソコンをいじるだけでは、自分が思いもしなかった知識《ちしき》にめぐりあうことはできません。学級文庫に戦場カメラマンのノンフィクションを寄贈《きぞう》したんですが、さっそく男の子が「それ読んでいい？」と言って熱心に読みはじめました。その時期、ちょうど日本人が海外の戦闘地域《せんとうちいき》でテロリストに拘束《こうそく》されたというニュースが流れていたから、それが彼《かれ》の頭の片隅《かたすみ》にあったのだと思います。

「韓国《かんこく》やアイヌを舞台《ぶたい》にするからか、社会派ファンタジーと言われます」と菅野さん

ネットを使って何が起きているのか、簡単《かんたん》に概要《がいよう》を知ることはできますが、彼は一冊《さつ》から、「なぜ、そこが戦場になったのか」「誰《だれ》が戦場の光景を伝えているのか」といった、ニュース以上の情報《じょうほう》を受け取ったはずです。

濱野　児童文学は対象学年を区切っており、実際《じっさい》に本に、中学年向け、高学年向けと書かれていることもあります。そのために、違《ちが》う学年の子は敬遠《けいえん》してしまうかもしれませんが、あれは「その年齢《ねんれい》以上の子なら読める程《てい》度《ど》の内容《ないよう》ですよ」という目安であって、それより年が上の子、下の子が読んでも、べつにかまわないんです。

菅野　なんの本を読んでもいいんです。「良い本を読みなさい」って、大人たちから言われるかもしれないけど、その人にとって何が良い本かなんて誰《だれ》もわかりません。「高学年

デビュー10周年記念　スペシャル座談会

本たちと私たちが出逢ったころのお話

になったら図鑑《ずかん》や絵本はダメで物語はＯＫ《オーケー》」なんて言われるみたいですが、私《わたし》、いまだに絵本もマンガも大好き！　気にしないで、どのジャンルにでも、どんどん手を出して！

廣嶋　互《たが》いに好きな本の魅力《みりょく》を紹介《しょうかい》しあって、どちらの本を読みたくなったかを競《きそ》うビブリオバトルがありますが、お友だちから薦《すす》められた本だったら興味《きょうみ》が持てるんじゃないかな？　もし、読書が嫌《きら》いという人がいたら、好きだと思える本はかならず存在《そんざい》するので、一冊《さつ》だけ読んで「本は嫌い」って思《おも》い込《こ》まず、出逢《であ》うまで結論《けつろん》を急がないでほしいです。

工藤　私は冬季スポーツのモーグルをテーマに作品を書いているんですが、あるおばあちゃんから手紙をいただいたんです。『モーグルビート！』を愛読してくれてたお孫さんが、ついにワールドカップ出場を果《は》たし、六位に入賞したんですって。現実《げんじつ》は、本の世界を超《こ》えるんだなって思わされました。読書って、自分が輝《かがや》くきっかけさえもくれるんです。

私は自分の本を読んでもらって、「世の中は、そんなに捨《す》てたもんじゃない」って伝えたい。大人だったら当然わかっていることも、子どもは知らないことってありますよね。読書が、楽しく生きるための、ちょっとした気づきになればと思うんです。

「じっくり取材したうえで、その物事をテーマに作品を書きます」とまはらさん

読書しないと、もったいない

濱野　私《わたし》も人生には選択肢《せんたくし》がいっぱいあるってことを伝えたいと思っています。学校にしろ家にしろ、世界をそこだけに限定《げんてい》して、ひとたびトラブルが起きると、「もうダメだ」と思《おも》い込《こ》んでしまう。でも、選べる世界、考え方は、もっとたくさんあるということを提《てい》示《じ》できる。それが本なのではないかな。

まはら　ただし、読書が面倒《めんどう》な作業であることは、伝えておかないといけませんね。本を読むのが好きでない人はとくに、眠《ねむ》くなったり、わからないところが出てきて嫌《いや》になったりすると思います。でも、わからないところは、とりあえずそのままにして読み進めてもいいと思います。その先に新しい発見があるかもしれません。読書に訓練は必要なんです。

廣嶋　読書って慣《な》れてしまえば、次からはすごく楽しいですよ！

濱野　ある小学校の図書館に取材に行ったことがあるんですが、そこの司書さんは、なるべくカバーが見えるように並《なら》べて、ときどき本を入《い》れ替《か》えるそうです。表紙の絵から興《きょう》味《み》を抱《いだ》いた子によって、いつのまにか借りられていき、それまで誰《だれ》も目をつけなかった本にまで子どもたちの手が伸《の》びたそうです。

講演《こうえん》などで、「本は読まなきゃいけないものではなく、読まなくても生きていけます」と話します。でも、同時に、「それでも読書をしないのは、もったいない」と伝えています。カバーの絵が気に入ったとか、字が少ないから楽に読めそう、だとか、どんなきっかけでもかまいません。お気に入りの本にめぐりあう旅に出ていただきたいですね。

装画・挿絵　くまおり純
装丁　大岡喜直（next door design）

工藤純子（くどう・じゅんこ）

1969年、東京都生まれ。おもな作品に、パティシエを目指す小学生たちを描く「プティ・パティシエール」「恋する和パティシエール」の各シリーズ、「ピンポンはねる」シリーズ、『モーグルビート！』『モーグルビート！ 再会』（以上、ポプラ社）、「ミラクル☆キッチン」シリーズ（そうえん社）などがある。最新刊は、『セカイの空がみえるまち』（講談社）。全国児童文学同人誌連絡会「季節風」同人。

廣嶋玲子（ひろしま・れいこ）

1981年、神奈川県生まれ。横浜市立大学を卒業後、2005年、『水妖の森』（岩崎書店）で第4回ジュニア冒険小説大賞大賞を受賞してデビュー。2008年、『あぐりこ』で第14回児童文学ファンタジー大賞奨励賞を受賞した。他の著書に、「魔女犬ボンボン」シリーズ（角川つばさ文庫）、「はんぴらり！」シリーズ（フォア文庫）、「ふしぎ駄菓子屋 銭天堂」シリーズ（偕成社）、「もののけ屋」シリーズ（静山社）などがある。

濱野京子（はまの・きょうこ）

1956年、熊本県に生まれ、東京に育つ。早稲田大学卒業。『フュージョン』（講談社）で第2回ＪＢＢＹ賞、女子高生の揺れ動く切ない心を描いた『トーキョー・クロスロード』（ポプラ社）で第25回坪田譲治文学賞を受賞した。他の著書に、『木工少女』、「レガッタ！」シリーズ（ともに講談社）、『くりぃむパン』（くもん出版）、『バンドガール！』（偕成社）、『すべては平和のために』（新日本出版社）などがある。

菅野雪虫（すがの・ゆきむし）

1969年、福島県生まれ。2002年、「橋の上の少年」で第36回北日本文学賞受賞。2005年、「ソニンと燕になった王子」で第46回講談社児童文学新人賞を受賞し、改題・加筆した『天山の巫女ソニン1 黄金の燕』でデビュー。同作品で第40回日本児童文学者協会新人賞を受賞した。他の著書に、「女神のデパート」シリーズ（ポプラポケット文庫）、『チポロ』（講談社）など。ペンネームは、雪を呼ぶといわれる初冬に飛ぶ虫の名からつけた。

まはら三桃（まはら・みと）

1966年、福岡県生まれ。2005年、「オールドモーブな夜だから」で第46回講談社児童文学新人賞佳作に入選（『カラフルな闇』と改題して刊行）。『おとうさんの手』（講談社）が読書感想画中央コンクール指定図書に選定。『鉄のしぶきがはねる』（講談社）で第27回坪田譲治文学賞、第4回ＪＢＢＹ賞を受賞した。他の著書に、『風味さんじゅうまる』（講談社）、『伝説のエンドーくん』『白をつなぐ』（ともに小学館）などがある。

この作品は書きおろしです。

講談社❖文学の扉

ぐるぐるの図書室《としょしつ》

2016年10月26日　第1刷発行
2017年5月15日　第3刷発行

著者 ……………… 工藤純子《くどうじゅんこ》　廣嶋玲子《ひろしまれいこ》　濱野京子《はまのきょうこ》
菅野雪虫《すがのゆきむし》　まはら三桃《みと》

発行者 …………… 鈴木 哲

発行所 …………… 株式会社講談社
〒112-8001
東京都文京区音羽2-12-21
電話　編集　03-5395-3535
販売　03-5395-3625
業務　03-5395-3615

印刷所 …………… 豊国印刷株式会社

製本所 …………… 黒柳製本株式会社

本文データ制作 …… 講談社デジタル製作

N.D.C. 913　234p　20cm　ISBN978-4-06-283241-0

『ぐるぐるの図書室』を書いた児童文学作家5人、
こんな本も書いています。

『セカイの空がみえるまち』
工藤純子／著

父親が理由を言わずに失踪した少女と、自分の母親の国籍を知らない少年。ふたりの中学二年生の成長を、〝東京コリアンタウン〟が包み込む。

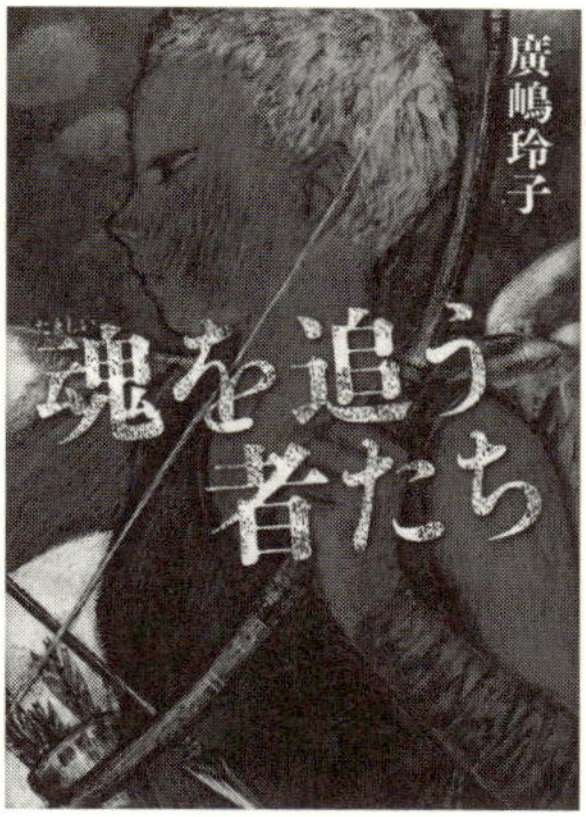

『魂を追う者たち』

廣嶋玲子／著

大平原に暮らす〝牙の民〟の少女ディンカ。双子の妹セゼナの奪われた魂を追って、仲間二人とともに、生まれ育った村を出て旅に出る――。

『しえりの秘密のシール帳』
濱野京子／著
五年生になったばかりの上川詩絵里《しえり》。始業式だというのに、運勢は十二星座中九番目でイマイチ。占いの大好きなしえりが、シールでえがく秘密って？

『チポロ』

菅野雪虫／著

力も弱く、狩りも上手ではない少年・チポロが、魔物にさらわれた幼なじみの少女を救う旅に出る。アイヌ神話をモチーフに描かれた長編ファンタジー。

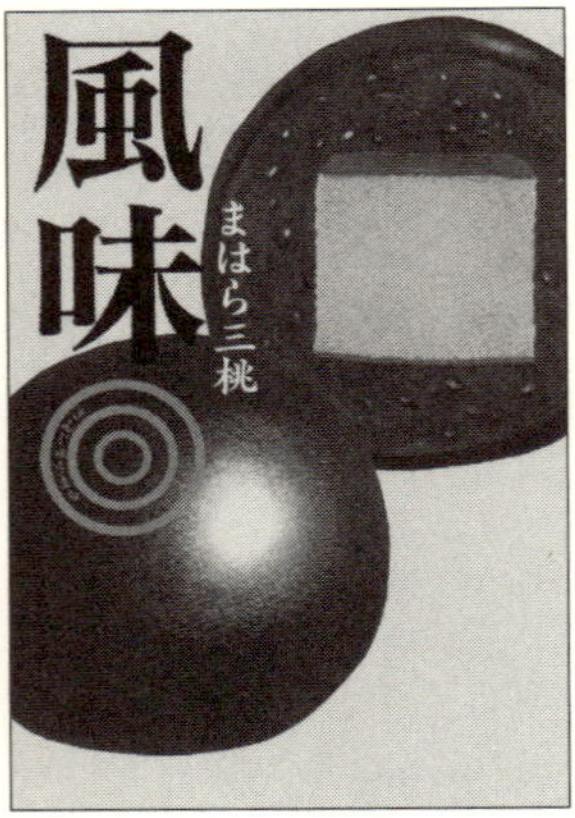

『風味さんじゅうまる』

まはら三桃／著

老舗和菓子屋の娘・風味は、ひょんなことから菓子店が新製品で競い合うSS-1グランプリに参加することに。九州発のスイーツな〝ご当地青春コメディ〟。